이상한 나라의 앨리스들

이 도서의 국립중앙도서관 출판예정도서목록(CIP)은
서지정보유통지원시스템 홈페이지(http://seoji.nl.go.kr)와
국가자료공동목록시스템(http://www.nl.go.kr/kolisnet)에서 이용하실 수 있습니다.
(CIP제어번호 : CIP2017003383)

바일간 001

이상한 나라의
앨리스들

김혜정 · 김혜진 · 박영란 · 박현숙
신지영 · 이경혜 · 장 미

서유재

차례

지구를
구하겠습니까?

김혜정

2008년 제1회 블루픽션상을 받으며 작가로 등단했다.
『하이킹 걸즈』, 『닌자걸스』, 『판타스틱 걸』, 『다이어트
학교』, 『잘 먹고 있나요?』 등의 청소년소설과 『우리들
의 에그타르트』, 『맞아 언니 상담소』 등의 동화를 썼다.

D-6 주머니 속 카드

교복 치마 주머니 속에 손을 넣었다. 네모난 얇은 플라스틱이 만져진다. 교통카드 크기만 한 투명한 플라스틱 안에 카드가 한 장 들어 있는데, 거기엔 동그란 버튼 두 개가 살짝 튀어나와 있다. 하나는 파란색, 하나는 빨간색. 파란색 버튼 위에는 O 표가, 빨간색 버튼 위에는 X 표가 그려져 있다. 주머니 안에 있어 어떤 쪽이 파란색이고 빨간색인지 알 수 없다. 학교 근처에서 서성이다가 교문이 닫히기 바로 직전에 정문을 통과했다. 최대한 고개를 숙인 채 교실을 향해 걸어갔다. 이런다고 아이들이 날 못 알아보는 건 아니지만 그나마 눈에 덜 띌 수 있다.

교실 문을 열었을 때 한소영이 문 앞에 서 있었다. 바깥으로 나가려는 길이었나 본데, 날 보더니 흠칫 놀라면서 한 발짝 뒤로 물러선다. 반사작용일 뿐이다. 눈앞으로 무언가가 날아오면 눈을 감고, 뜨거운 걸 만지면 얼른 손을 떼는 것처럼 나를 보면 아이들은 우선 피하고 본다. 나는 한소영이 나갈 수 있도록 비켜섰다. 그러나 한소영은 이미 제자리로 돌아가 버린 후다.

내 자리인 4분단 맨 뒷자리에 앉았다. 종소리가 울리자 반장 조미가 조용히 하고 얼른 자리에 앉으라고 소리쳤다. 가방에서 책을 꺼내 펼쳤다. 8시 30분부터 9시까지는 아침 독서시간이다. 국어 선생님 출신인 교장은 맨날 독서, 독서 한다. 아침 독서에 독서 감상문 대회, 독서 캠프, 작가 초청 강연까지 책이라면 무조건 좋다고 말한다. 하루 30분 책을 읽으면 인생이 바뀔 거라나 뭐라나. 그런다고 바뀔 수 있는 인생이면 전국 서점에 있는 책이 벌써 동났을 거고 지금 모습으로 살고 있는 사람도 없을 거다. 책은 마법도 아니고 뭣도 아니다. 그럼에도 불구하고 내가 독서시간에 쥐 죽은 듯 책만 보는 건 어쩔 수 없어서다. 난 문제집을 풀 만큼 공부에 관심이 있지도 않고, 어제 다 못 한 이야기를 마저 하며 수다를 떨 친구도 없다. 아침 독서시간에 책을 읽는 아이는 정말로 책을 좋아하는 아이들 서너 명과 나뿐이다.

"독서왕 나셨네, 아주."

"저러다가 작가 되겠어."

"그러게 말이야. 어울리지 않게 난 척이야."

옆 분단에 있는 이소민과 박미나가 말하는 게 다 들렸다. 고개를 돌리지 않아도 저 아이들이 누구를 바라보며 말을 내뱉고 있는지 알 수 있다. 둘은 새롬의 수하 노릇을 하는 아이들이다. 우리 반 아이들은 두 종류로 나눌 수 있다. 새롬과 함께 몰려다니면서 나만 보면 못 잡아먹어 안달인 미어캣들과 아까 한소영처럼 날 바이러스 취급한 채 상종하지 않는 WHO(세계보건기구)에서 나온 파견꾼들. 이건 우리 교실에서만 해당되는 이야기가 아니다. 교실 문을 열고 나서면 수많은 한소영들이 있다. 나는 왕따, 아니 전교생이 따돌리는 전따다. 여자아이들 사이에서 절대 해서는 안 되는, 친구 남친에게 침을 흘렸다는 이유로 나는 한순간에 전따가 되어 버렸다. 하지만 그건 명백한 오해다. 나는 절대 새롬의 남친인 우재에게 어떤 제스처도 취하지 않았다. 무엇보다 우재는 전혀 내 스타일이 아니다. 설사 내 스타일이었다 하더라도 친구 남친을 빼앗는 치사한 일을 난 하지 않았을 거다. 사랑에 눈멀어 앞뒤 분간 못 하는 사람은 우리 엄마 한 명이면 충분하니까. 박우재는 새롬에게 이별 통보를 했고, 새롬은 그걸 모두 내 탓으로 돌렸다. 우재 핸드폰에 저장된 내 사진과 나와 박우재가 있는 걸 봤다는 몇몇 아이들의 증언 때문이다. 노래방에서 박우재가 날 따라 나오며 내 팔을 일방적으로 잡긴 했지만, 난 할 말 없다며 딱 잘랐다.

"다 내 잘못이지 뭐. 너희들이 김재인 조심하라고 했을 때 알아봤어야 했는데. 난 쟤가 착한 척, 순진한 척하기에 깜박 속을 수밖에 없었어."

새롬은 몇 날 며칠을 학교에서 울었고, 미어캣들은 나를 노려보았다. 내가 아무리 아니라고 해도 새롬은 내 말을 조금도 믿어주지 않았다. 새롬은 내가 보낸 메시지와 메일을 확인조차 하지 않았다. 아예 날 차단해 놓은 듯했다. 학교에서 말을 하려고 해도 다른 아이들에게 둘러싸여 있어 그럴 수 없었다. 새롬 주위의 인간 성벽은 아주 견고하고 단단했다.

새 학기 초 나에게 먼저 다가온 건 새롬이다. 아이돌 가수를 꿈꾸는 새롬은 우리 엄마가 탤런트인 걸 알고는 혹시 소개해 줄 수 있는 기획사가 없느냐고 했다. 예전에 엄마 일을 봐주던 매니저 아저씨가 있는 기획사에 소개해 주었지만 잘되지는 않았다. 나는 진심으로 새롬이 가수가 되길 바랐다. 새롬은 오디션에서 떨어질 때면 내 무릎에 얼굴을 묻고 울었다. 그럴 때 새롬은 작은 아기 새 같았다. 나는 새롬의 등을 쓰다듬어 주고 또 쓰다듬어 주었다. 예쁘고, 노래 잘하고, 공부도 잘해 새롬은 누구에게나 인기가 좋았다. 3학년 아이들뿐만 아니라 후배인 1, 2학년 아이들도 새롬을 좋아했고 선생님들도 그랬다. 새롬은 항상 자신만만하고 부족한 게 없는 아이다. 그런 새롬이 내 앞에서는 무장해제되었다. 그래서 나도 새롬에게 내 마음속 깊이 두었던 말들까지 모두 했다.

아침 독서시간 종료를 알리는 종소리가 울렸다. 나는 미어캣들을 피해 재빠르게 교실 문을 열고 나갔다. 쉬는 시간이 되면 자유자재로 움직일 수 있는 미어캣들이 나를 사냥하러 올 거다.

복도 끝에 있는 과학실 옆 계단에 앉았다. 여긴 아이들이 잘 지나다니지 않는다. 주머니에서 카드를 꺼냈다. 어제는 분명 D-7이라는 글자가 카드 위에 깜박였는데, 오늘은 D-6이라고 숫자가 바뀌어 있다. 정말 이 카드는 진짜일까?

어제 학교 수업이 끝난 후 집에 오는데 한 여자가 말을 걸었다.

"김재인, 16세, 호윤여중 3학년, 맞죠?"

몸매가 다 드러날 정도로 딱 달라붙은 검정색 원피스를 입은 여자는 눈썹과 쌍꺼풀이 무척 진했다. 인도 쪽에서 온 외국인 같았는데 한국말을 아주 능숙하게 했다. 무시하고 길을 걷는데, 여자가 계속 따라왔다. 여자는 내가 사는 곳, 부모님 이름과 직업 등 내 신상에 대해 줄줄 읊었다. 요즘은 외국인 연예부 기자도 있나 싶어 엄마에 대해 아무것도 모른다고 하니, 여자는 이해 못할 소리를 했다.

"재인 양이 지구 연장 결정자로 선택되었어요."

이건 또 무슨 헛소리인가, 신종 도를 아십니까인가 하고 도망치듯 걷는데, 여자가 앞을 막아 세웠다.

"멈춰요."

여자의 말에 내 몸이 그대로 길바닥에 붙었다. 아무리 움직이려 해도 한 발짝도 움직일 수 없었다.

"재인 양은 내 이야기를 들어야 해요. 결정자니까요. 날 따라와요."

여자의 말이 끝나자마자 굳었던 몸이 풀렸다. 하지만 여전히 내 마음대로 몸을 움직일 수 있진 않았다. 내 의지와 상관없이 여자를 따라갈 수밖에 없었다.

여자가 날 데리고 간 곳은 집 근처에 있는 카페였다. 사람이 늘 많아 빈자리가 없는 곳이었는데, 여자와 내가 들어가자 갑자기 사람들이 우르르 일어나 카페를 나갔다. 카페 중앙에 자리를 잡고 앉았다. 카페에는 손님이 우리 둘밖에 없었다.

여자는 내게 명함을 주었다. 거기에는 '지구생명결정센터 아시아 권역 팀장 수이드'라고 적혀 있었다.

"이걸 다른 사람들한테 보여 줘도 소용없어요. 이건 재인 양 눈에만 보여요."

집으로 돌아와 여자의 말을 시험하기 위해 명함을 가족들 눈에 띄는 곳에 두었지만 누구도 보지 못했고, 핸드폰으로 명함을 찍어 보았지만 사진에도 찍히지 않았다.

"과거의 예언자들이 이야기한 지구 종말론을 들어 본 적 있죠? 그건 다 진짜였어요. 다만 그때마다 지구의 생존을 결정하는 건

지구에 사는 사람들이에요."

수이드 말에 따르면, 종말론이 있을 시기마다 지구생명결정센터에서 무작위로 선정된 전 세계 99명의 사람이 지구 생명을 연장할지 말지를 투표한다고 했다. 그리고 이번 결정자로 내가 선정되었단다. 올해 여름, 마야 인이 예언한 지구 종말론에 대해 들어 본 적이 있긴 하다. 수이드는 내게 플라스틱 상자 안에 담긴 카드를 주며 이게 바로 결정 카드라고 했다. O 표시가 되어 있는 파란색 버튼은 지구 연장 선택 버튼이고, X 표시가 되어 있는 빨간색 버튼은 연장 반대 버튼이다. 내가 왜 이 미친 사람의 말을 듣고 있어야 하는지 스스로도 이해가 가지 않았지만, 난 수이드가 건네준 버튼 카드를 두 손으로 공손히 받았다. 절대 나의 의지가 아니었다. 수이드는 궁금한 게 있으면 무엇이든 물어보라고 했다.

"연장 반대를 한 사람이 더 많으면 정말로 지구가 종말하나요?"

"당연하죠. 투표가 다 끝나면 집계 결과에 따라 곧바로 진행이 될 거예요."

이제까지 보았던 재난 영화들이 떠올랐다. 지진, 화산 폭발, 해일, 타 행성과의 충돌 등 무수한 재난 영화가 있었다. 영화 속에서 주인공은 살아남았다. 하지만 현실에서 그건 불가능하다. 지구가 종말하면 다 같이 끝이다. 혹시 반대가 더 많을 시에 어떤 식으로 지구 종말이 진행되느냐고 물었지만, 수이드는 그건 기밀이라 알려 줄 수 없다고 했다.

"예전에는 연장 결정을 한 사람의 수가 압도적으로 높았는데, 최근 백 년 동안은 비율이 비슷해요. 그래서 한 사람, 한 사람의 선택이 아주 중요하죠. 일주일 안에 결정을 해서 버튼을 눌러요. 참, 이건 누구에게도 말할 수 없을 거예요. 제 말이 무슨 뜻인지는 곧 알게 될 거예요."

수이드가 먼저 일어섰다. 수이드가 나가자, 카페에 손님이 다시 들어오기 시작했고 주변이 다시 웅성웅성거렸다. 수이드와 함께한 건 고작 10여 분의 시간이었다.

수이드와 헤어진 후 핸드폰을 꺼내 112에 신고를 하려고 했다. 하지만 손이 움직이지 않았다. 인터넷 검색창에 명함에 적힌 문구를 치려고 했지만(사기꾼이라면 누군가가 인터넷에 당했다는 정보를 올렸을 테니) 역시 손이 움직이지 않았다. 수이드가 말한 게 이런 뜻이었나?

카드를 들여다보고 있는데 조회 시작을 알리는 종소리가 울렸다. 얼른 주머니에 카드를 넣은 후 교실로 향했다.

수업이 모두 끝난 후 동아리 교실인 2학년 3반으로 갔다. 내일모레는 2주에 한 번 하는 동아리 활동 날이다. 그날은 4교시까지만 수업을 하고 5, 6교시는 동아리 모임을 하는데 이번엔 무슨 일인지 전달 사항이 있다며 미리 모이라고 했다.

나는 여기에서도 문 옆에 있는 맨 뒷자리 끝에 홀로 자리를 잡고 앉았다. 3학년들뿐만 아니라 1, 2학년 아이들에게도 내 이야기는 금세 퍼져 나갔다. 유지아 딸에게 아주 잘 어울리는 스캔들은 아이들의 구미를 당기기에 충분했다.

담당 선생님이 들어올 때를 기다리며 책상에 엎드려 있는데, 옆자리 의자가 바닥에 끌리는 소리가 들렸다.

"아, 한참 찾았네. 이 학교는 왜 이렇게 복잡한 거야."

고개를 들어 옆자리에 앉은 여자애를 바라보았다. 처음 보는 여자애다. 머리카락이 좀 많이 구불구불거렸는데, 파마를 해서가 아니라 원래가 곱슬인 듯했다. 파마라면 저 모양으로 했을 것 같지 않다.

"여기 일어 회화 반 맞지?"

내가 대답을 하지 않고 있자 다시 한 번 여자애가 물었다. 난 그렇다고 고개를 끄덕였다.

잠시 후 담당 선생님이 교실 문을 열고 들어왔다.

"내일 모레 우린 영화 볼 거다."

선생님의 말이 끝나자마자 아이들이 우우 하고 소리쳤다. 말만 일어 회화 반이지 선생님은 일어 회화를 가르쳐 주지 않는다. 소문에 따르면, 선생님도 일어를 모른다고 했다. 동아리 시간에 주로 하는 건 일본 영화나 애니메이션 보기다. 한 학기 내내 교실에서 그것만 했다. 다른 동아리는 바깥으로 나가거나 다양한 행사를 하는데 여긴 매번 영상만 보여 주니 싫어하는 아이들이 꽤 되었다. 내일 모레도 또 영화를 볼 거라는 이야기에 아이들이 화가 난 듯하다.

"얘들이 왜 그래? 이번엔 교실에서 안 볼 거야. 영화관에서 볼 거라고."

아이들이 정말이냐고 물었다. 선생님은 일본 영화를 예매해 두었다며, 2시까지 영화관 앞에서 만나자고 했다. 아이들은 뭐가 그리 좋은지 아싸, 대박 하고 소리를 질렀다.

선생님이 교실을 나갔고, 나는 아이들이 나가기를 기다렸다. 제일 먼저 못 나갈 바에는 제일 늦게 나가는 게 좋다. 시간을 때우려고 핸드폰을 꺼냈다. 인터넷 창을 열어 이것저것 클릭하고 있는데 옆자리 여자애가 나가지 않고 그대로 앉아 있다. 난 신경 쓰지 않은 채 계속 인터넷만 했다.

한참을 기다렸지만 여자애는 나갈 생각을 하지 않았다. 이제 아이들도 대부분 하교했을 시간이다. 이 아이가 갈 때까지 언제까지나 기다릴 수만은 없다. 나는 가방을 홱 집어 든 후 교실을 나섰다. 내 뒤를 따라오는 발자국 소리가 들렸다. 쟤도 이제 집에 가는 길인가 보다.

"저 집 라면 맛있어?"

어느새 여자애는 내 옆에서 애매하게 걷고 있었다. 나와 같이 걷는 것도 아니고, 그렇다고 함께 걷지 않는 것도 아닌 어정쩡한 거리다. 어쨌든 여자애가 가리킨 건 학교 앞 분식점이다.

"몰라. 안 먹어 봤어."

"왜에?"

여자애의 물음에 뭐라고 대답을 해야 할지 모르겠다. 여자애는 마치 모든 학생이 다 하는 일을 내가 하지 않았다는 취급이다.

"맛 어떤가 무지 궁금한데."

라면 맛을 궁금해하는 애는 처음 본다. 떡볶이도 아니고 분식집 라면은 맛이 다 거기서 거기다. 분식점 앞에 있는 정류장에 섰다. 여자애도 버스를 타려는지 계속 내 옆에 서 있다. 집으로 가는 버스가 도착했다. 아주 잠깐 여자애에게 인사를 해야 하는 게 아닌가 싶었지만, 그럴 필요는 없었다. 우연히 여기까지 같이 온 것뿐이다. 나는 아무 말도 하지 않고 먼저 버스에 올라탔다. 인사를 하지 않길 백번 잘한 것 같다. 여자애도 내게 아무 인사를 하지 않았으니까. 외려 내가 인사를 했으면 이상한 사람이 될 뻔했다.

집에 도착했을 때, 새엄마와 준영이는 어디로 나가려는 듯 보였다.

"누나, 오늘 아빠가 왕갈비 사 준대."

준영이가 신이 나서 말했다. 준영이는 고기 킬러다. 초등학교 2학년밖에 안 되었는데, 혼자서 고기 3인분을 너끈히 먹는다. 그래서 몸무게가 벌써 40킬로가 넘어 새엄마의 걱정이 이만저만이 아니다.

"너도, 같이 갈래?"

새엄마가 물었다. 난 숙제를 해야 한다고 대답했다.

"그럼 냉장고에 볶음밥 해 놓은 거 있으니까 데워 먹어."

"네. 다녀오세요."

새엄마와 준영이가 현관문을 열고 나갔다. 소파에 기대어 앉았다. 두 다리를 탁자에 올려놓은 후 쭉 뻗었다. 새엄마가 특별히 나를 따돌린다고는 생각하지 않는다. 갑자기 같이 살게 된 내가 새엄마도 불편할 거다. 나도 새엄마가 많이 불편하니까. 하지만 '같이 갈래', 대신 '같이 가자'라고 했다면 어땠을까. 그러면 나는 조금 더 쉽게 '네'라고 대답할 수 있었을까.

작년 말 할머니의 건강이 급격히 나빠지게 되었다. 할머니는 큰고모 집으로 갔고 나는 아빠 집으로 오게 되었다. 엄마에게 갈까 했지만 내 말을 들은 엄마는 펄쩍 뛰며 무슨 말도 안 되는 소리냐고 했다. 자신은 촬영 때문에 늦게 오는 날이 많아 나를 챙겨 줄 수 없다며, 집에 있는 그 여자가 훨씬 날 잘 돌봐 줄 거라고 했다. 그러면서 캐스팅이 없을 때에는 내게 연락을 해서 함께 아침방송에 나가자고 한다. 엄마는 아무도 믿지 않는 딸바보 코스프레를 하며, 방송국 협찬을 받아 여행을 가거나 집을 고친다.

소파에서 깜박 졸았나 보다. 일어나 보니 집 안이 어둑어둑하다. 저녁을 먹어야 할 것 같아 주방으로 들어갔다. 냉장고 안에 볶음밥이 들어 있다. 꺼내 보니 엊그제 먹고 남은 거다. 그대로 냉장고 문을 닫고 라면을 꺼냈다. 생각해 보니 바깥에서 라면을 사 먹은 일이 거의 없다. 혼자 집에 있을 때 워낙 자주 먹다 보니까 바깥에서까지 먹고 싶지 않다. 난 가스레인지 앞에 서서 라면 물이 끓기를 기다렸다.

D-4 왜 하필 나야

영화는 재미없었다. 친구들에게 왕따를 당하는 여학생이 결국 자살로 생을 마감한다는 이야기인데, 영화관 앞에 있던 영화 소개 전단지를 보니 실화를 바탕으로 만들었다고 했다. 영화 마지막에 여주인공이 죽는 장면에서 함께 본 아이들은 엄청 울었다. 하지만 난 눈물 한 방울 나지 않았다. 내가 사이코패스인가 뭔가 그런 건가? 아니다. 진짜 사이코패스는 저 아이들이다. 왕따당해 죽은 여주인공이 불쌍하다며 눈물을 흘리면서, 돌아서서는 태연하게 남을 왕따시키는 게 훨씬 더 이상하다. 차라리 전에 다니던 학교 애들이 훨씬 낫다. 걔네는 나를 좋아하지 않았을 뿐이지 대

놓고 나를 험담하거나 미워하진 않았다. 누굴 탓하랴. 모두 다 내가 자초한 일이다. 이번에도 일정 거리를 유지했다면 이런 일은 생기지 않았을 거다. 모든 아이의 사랑을 받는 아이와 친구가 되는 일 따위 하지 말았어야 했다. 그 아이와 멀어지는 즉시 모든 아이들로부터 질타를 받을 거란 걸 왜 몰랐을까.

"아, 영화 더럽게 재미없네. 좀 재밌는 것 좀 보여 주지."

영화가 끝난 후 내 옆자리에 앉아 있는 전학생 여자애가 말했다.

영화관에서 나와 선생님은 출석 체크를 다시 한 번 했다. 영화를 보는 도중에 혹여 도망가는 아이들이 있을까 봐서다. 선생님은 돌아다니지 말고 일찍 집으로 가라고 했다.

난 아이들과 함께 가지 않으려고 엘리베이터를 타는 대신 에스컬레이터를 찾아갔다. 11층에서부터 에스컬레이터를 타고 계속 내려오는데 배가 고팠다. 미어캣들에게 부딪혀 점심 식판이 엎어지는 바람에 점심을 먹지 못했다. 아무래도 뭐를 좀 먹어야 할 것 같다.

3층 식당가에서 내렸다. 샤브샤브나 찜닭은 혼자 먹기 좀 그렇다. '일본 라면 전문점' 간판이 걸려 있는 음식점이 보였다. 아무래도 저기가 좋겠다. 간단하게 라면이나 먹어야겠다고 생각하고 들어갔는데, 식당은 손님들로 꽉 차 있다. 오후 4시밖에 안 되었는데 무슨 손님이 이리 많은지 모르겠다. 그냥 나가려고 하는데,

한 테이블의 손님 두 명이 일어섰다. 점원이 그곳을 가리키며 저기 앉으면 된다고 했다. 자리에 앉은 후 메뉴판을 받았는데, 도통 뭐가 뭔지 모르겠다. 라면 이름도 낯선데, 라면 굵기나 소스 양, 국물 종류 등 일일이 다 골라야 하나 보다. 라면 하나 먹는데 왜 이리 복잡한 걸까. 어떻게 주문해야 좋을지 설명을 읽어 보고 있는데, 내 앞자리에 누군가 쓱 앉았다.

"나 같이 먹어도 되지?"

전학생 여자애다.

"줄 서서 기다리려고 하는데 네가 보이더라고."

어느새 바깥에는 줄이 길게 서 있다. 이미 앉은 아이를 가라고 할 수도 없다.

"난 소유로 먹어야겠다. 넌?"

소유가 뭔가 메뉴판을 보니 간장 소스라고 적혀 있었다.

"나도 같은 걸로."

"면발은?"

"응?"

"굵기는 어떻게 할 거야? 난 얇은 면으로 먹을래. 넌?"

"나도."

전학생이 하는 것과 똑같이 해 달라고 했다. 전학생은 여러 번 먹어 본 듯했다.

"오호호. 여기 제대로인가 봐. 기대된다."

전학생은 오른손엔 젓가락, 왼손엔 숟가락을 꽉 움켜쥔 채 인디언들이 낼 법한 소리를 냈다.

잠시 후 주문한 음식이 나왔다. 국물 색깔이 누리끼리한 게 좀 이상하다. 라면 위엔 냉면이나 쫄면도 아닌데 삶은 계란 반쪽이 올려져 있다. 그런데 계란도 좀 특이하다. 계란 노른자는 익지도 않은, 그렇다고 안 익었다고 할 수도 없는 상태다.

전학생은 먼저 숟가락으로 국물을 한 숟가락 떠먹었다.

"역시! 여기 오길 잘했어!"

전학생은 이보다 더 행복할 수 없다는 듯 두 눈을 꼭 감은 채 콧구멍을 벌름거렸다. 나도 전학생이 하는 것처럼 국물을 한 숟가락 떠먹었다. 흠, 뭔가 맛이 독특하다. 곰국에 된장을 푼 듯한데, 뭐라고 설명할 수 없는 미묘한 맛이다. 면도 한 젓가락 먹었다. 그냥 국수 면이다. 배가 고파 먹긴 먹지만, 전학생이 왜 감탄을 하는지 이해가 가지 않는다.

"이 집 맛있는 거야?"

"그럼! 이건 인스턴트 국물이 아니라니까. 그리고 이 계란 봐봐. 완벽한 반숙이잖아. 완숙 계란 주는 일본 라면 식당은 가짜야, 가짜."

전학생은 젓가락을 이용해 계란을 숟가락으로 옮긴 후, 그걸

한입에 쏘옥 넣었다.

"난 대학생 되면 알바해서 꼭 일본 여행 갈 거야. 라면도 맨날 먹고, 온천도 하고, 디즈니랜드도 가야지."

"별거 없는데."

나도 모르게 그 말이 튀어나왔다.

"너 일본 가 봤어?"

"어? 어."

"우아! 대박! 대단해!"

전학생은 내가 화성이나 금성에 다녀온 것마냥 호들갑을 떨었다. 초등학교 졸업을 앞두고 엄마에게 연락이 왔다. 아침방송에 나가야 하니까 함께 일본을 가자고 했다. 엄마는 천생 배우였다. 카메라 앞에서는 세상에 둘도 없는 좋은 엄마였지만 카메라가 꺼지면 미소를 싹 거뒀다. 여행지에서 엄마보다 방송국 스태프 언니들이 더 나를 챙겨 주었다.

"일본에서 먹는 라면 맛은 어때? 엄청 끝내주지?"

"라면은 안 먹었어. 나 일본 라면 처음 먹어 봐."

"정말? 이 맛있는 걸 처음 먹어 본다고? 맙소사."

전학생은 일본 라면을 너무 좋아해서 일본을 좋아하게 되었다고 했다. 내가 묻지도 않는데, 자신이 좋아하는 일본 드라마와 일본 배우에 대해 줄줄이 늘어놓았다. 다 처음 들어 본다.

"서울로 전학 와서 좋은 건 대전보다 맛있는 일본 라면 가게가 훨씬 많다는 거야. 전부 다 가 볼 거야."

전학생은 일주일 전에 대전에서 전학을 왔으며, 자신의 이름은 정유미라고 알려 주었다. 나도 이름을 말해야 하는 건가 싶었는데, 유미가 먼저 "넌 김재인이지?" 하고 물었다. 벌써 나에 대한 소문을 들은 걸까.

"너 유지아 아줌마 딸 맞지? 나 방송에서 너 본 적 있어."

엄마를 아줌마라고 가리키는 아이는 처음이다. 다들 엄마가 제 친구인 것마냥 유지아, 유지아거린다.

"좋겠다. 엄마가 유지아 아줌마라서."

라면을 먹다 말고 유미를 바라보았다. 저 아이는 지금 날 비꼬는 걸까. 엄마에게 있어 나는 욕 방패일 뿐이다. 그나마 엄마가 덜 욕을 먹는 건 '누군가의 엄마'이기 때문이다.

"내가 돌도 안 되었을 때 엄마가 나를 두고 집을 나갔대. 그래서 난 엄마 얼굴을 몰라. 내가 너무 엄마 얼굴을 궁금해하니까, 아빠가 텔레비전에 나오는 너희 엄마를 가리키며 그러는 거야. 엄마가 저렇게 생겼다고. 그래서 너희 엄마가 텔레비전에 나오면 좋았어."

유미는 스스럼없이 자기 이야기를 털어놓았고, 나는 어떤 표정을 지어야 하는지 몰라 라면 국물만 계속 떠먹었다. 먹다 보니 맛이 나쁘지 않았다. 느끼한 줄로만 알았는데, 마늘이 들어가서

인지 구수했다.

"근데 아무래도 아빠가 거짓말한 거 같아. 우리 엄마가 유지아 아줌마처럼 예뻤다면, 딸인 내가 이렇게 생겼을 리는 없잖아. 널 보니까 확실히 알겠어. 에잇, 10년이나 날 속였겠다! 아빠 가만두지 않겠어!"

유미는 일본 드라마에 나오는 사람처럼 과장된 목소리와 행동을 취했다. 일본 드라마를 엄청 많이 보긴 했나 보다. 전에 몇 번 일본 드라마를 본 적이 있는데, 거기 나오는 인물들은 방청객들마냥 엄청 잘 놀라고 감탄했다. 에에~, 오오~ 하는 추임새도 쉴 새 없이 넣었다.

라면을 다 먹은 후 자리에서 일어섰다. 계산을 하려고 하는데, 지갑을 열어 보던 유미가 '으앗!' 하고 소리를 질렀다.

"오늘 학급비 내서 돈이 이천 원밖에 없어. 완전 깜박했네."

"내가 낼게."

지갑에서 돈을 꺼내 라면 값을 계산했다.

"미안해. 내가 학교에서 꼭 갚을게."

"괜찮아."

"그럼 내가 다음에 쏠게! 가게에서 너 안 만났으면 큰일날 뻔했어."

헤어지기 전 유미는 내게 핸드폰 번호를 물었다. 알려 주자 곧

바로 내게 전화를 걸었다. 액정에 11개의 숫자가 떴다. 유미는 내 번호를 저장하는 듯했지만 나는 저장을 하지 않았다. 어차피 저 애는 나한테 연락을 하지 않을 거다. 아직은 내가 누군지 모르니까 저러는 것뿐이다.

주머니에 핸드폰을 집어넣는데 그 안에 수이드에게 받은 카드가 있다. 왜 하필 내가 결정자로 선택되었는지 모르겠다. 이제 디데이가 며칠 남지 않았다. 너무 찝찝하다. 만약 내가 아무 선택도 하지 않으면 어떻게 될까? 한쪽으로 결정이 몰리면, 나 한 명쯤 기권해도 상관없을 거다. 그리 생각하니 조금 마음이 가벼워진다. 주머니에서 손을 뺀 후 집을 향해 걷기 시작했다.

아까 라면 국물을 너무 많이 먹었나 보다. 입이 계속 짜다. 주방에 가서 물을 마시고 방으로 돌아왔는데, 핸드폰에 메시지가 잔뜩 떠 있다. 누구지? 메시지를 눌렀더니, 단톡방으로 연결되었다. 메시지가 새로 계속 떠서 무슨 내용인지 알아볼 수가 없다. 맨 위로 올렸다.

- 김재인 축하축하! 이제 아빠가 네 명이네. ㅋㅋ

- 대단하다 정말! 역시 그 엄마의 그 딸!

- 김재인 너도 결혼식 가냐? 너 거기 가면 연예인 많이 보겠다~

- 아, 진짜 쟤네 엄마도 부끄러운 줄 모르고 왜 저런다냐.

- ㅋㅋㅋ 나라면 죽고 싶을 듯.

메시지 사이로 누군가 인터넷 링크 주소를 보냈다. 그걸 클릭해서 들어갔더니, '[단독] 유지아 4번째 결혼! 6살 연하의 사업가와 극비리 결혼 예정'이라는 기사가 나왔다. 엄마가 또 결혼을 하려나 보다. 교수 아저씨와 이혼을 한 지 2년 만이다.

단톡방엔 나를 포함해 여덟 명의 아이들이 있다. 새롬과 미어캣들. 그중 두 명은 우리 반도 아니다. 새롬의 친구들 같은데 이름만 봐서는 누군지 모르겠다.

- 너희 엄마 영화감독이랑 바람나서 너희 아빠랑 이혼했던 거라며? 너도 참
  불쌍하다. ㅋㅋ

- 웩. 진짜?

- 게다가 그 영화감독도 유부남이었대. 대박이지!

가슴이 턱 막혔다. 전에 새롬에게 말한 적이 있다. 엄마가 밉다고, 다른 남자와 사랑에 빠졌다며 다섯 살 난 나를 버린 엄마가 너무 싫다고. 엄마의 딸이라는 이유만으로 나를 미워하는 할머니와 고모들 때문에 너무 힘들다고. 그때 새롬은 나를 안아 주

며 그건 내 잘못이 아니라고 말해 주었다. 내게 그렇게 말해 준
건 새롬이 처음이었다. 친가 사람들은 모두 내가 재수 없는 아이
라서 그런 일이 생겼다고 했다.

아이들은 계속해서 엄마의 결혼에 대해 이야기했고, 난 그냥
단톡방을 나와 버렸다. 그러자 소민이 나를 다시 초대했다.

- 너 우리가 축하해 주는데 왜 쌩까냐?
- 꼴에 부끄러운 줄은 아나 봐.
- 너도 너희 엄마 따라서 결혼 네 번은 기본으로 하겠다. 그치? 피는 못 속이
  겠지. ㅋㅋㅋ

소민은 새로운 인터넷 링크 주소를 올렸다. 이건 또 뭔가 싶어
클릭했더니, 기사의 댓글창이다. 단톡방에서 아이들이 하는 말이
영어를 처음 배우는 사람들이 구사할 수 있는 기본적인 수준이라
면, 댓글창은 원어민들의 대화다. 세상에 이런 욕도 다 있나 싶은
걸 사람들은 썼다. 그걸 보고 있자니 저절로 인상이 찡그려졌다.

다시 단톡방을 나왔다. 이번엔 미나가 날 불렀다. 다시 나왔다.
또 초대되었다. 메신저 앱을 아예 삭제해 버렸다. 핸드폰 전원을
끈 후 책상 앞에 앉아 있는데 갑자기 구역질이 났다. 급하게 화장
실로 달려가 아까 먹었던 것을 모조리 다 토해 냈다. 변기를 붙잡

고 앉아 계속 구역질을 했다. 아이들에게 들었던 말들을 모두 변기 안으로 토해 내고 싶지만, 그 말들은 계속 내 안에 남아 있다. 아무리 뱉어 내려고 해도 뱉어지지가 않는다.

D-1 날 좀 내버려 둬

아침부터 나를 보는 미어캣들의 표정이 좋지 않았다. 원래 좋지 않았지만 오늘은 유달리 그랬다. 그들과 마주치지 않기 위해 쉬는 시간 종소리와 함께 교실을 나갔다가 수업 시작 종소리에 맞춰 들어왔다. 점심도 일부러 아이들이 다 먹고 나오기를 기다려 20분 정도 운동장 근처를 배회하다가 먹으러 갔다. 그렇게 하루를 잘 버텼다 생각했는데, 담임의 종례가 끝난 후 새롬이 내게 다가왔다. 그 옆엔 여느 때처럼 미나, 소민, 윤서가 있다.

"김재인, 너한테 할 말 있어."

새롬이 나를 불렀다. 한 달 전 그 사건 이후로 새롬이 내게 말을 건 건 처음이다. 난 가방을 챙기던 걸 멈췄다.

"나, 우재랑 다시 만나."

새롬이 의자에 앉아 있는 나를 내려다보며 말했다. 새롬은 왜내게 이 말을 하는 거지? 혹시 그동안 나를 오해했다며 사과라도 하려는 걸까? 그래서 미어캣들의 표정이 나빴던 건지도 모른다. 그동안 품었던 새롬에 대한 원망이 눈송이처럼 사르르 녹았다.

살며시 고개를 들어 새롬을 바라보았다.

"우재도 어쩔 수 없었다더라. 네가 그렇게 우재한테 들이댔다며? 그렇게 아니라고 발뺌하더니만."

새롬이 그 말을 마침과 동시에 내 뺨을 때렸다. 순간 너무 아파 아아 하는 소리가 다 나왔다.

"아니야. 나 우재한테 털끝만큼도 관심 없어. 진짜야, 믿어 줘."

"야, 그럼 새롬이 남친이 거짓말했다는 거야? 얘 완전 웃기네."

새롬의 대변인 소민이 나섰다. 새롬의 볼일이 이건 줄 몰랐다. 새롬과 다시 친구가 될 거라 착각했던 내가 너무나 바보 같고 멍청해서 눈물이 날 것만 같다. 얼른 이곳을 벗어나고만 싶다.

책상 고리에 걸린 가방을 들고 일어서서 문을 향해 가는데 종아리가 아팠다. 뒤에서 누군가 내 오른쪽 종아리를 발로 찼고 난 그대로 주저앉았다.

"야, 너 새롬이한테 사과해."

"뭘?"

"박우재한테 꼬리 친 거, 그래서 새롬이랑 우재랑 헤어지게 만들었던 거 다 사과하라고 이 미친년아."

미나는 들고 있던 가방으로 내 머리를 내려쳤다. 교실에 남아 있던 WHO들은 나와 새롬 패거리를 멀뚱히 지켜보고만 있다. 여기에 있다간 미어캣들이 나를 가만두지 않을 거다. 간신히 일어서서 교실 밖으로 나왔는데 아이들이 나를 둥글게 둘러싸는 바람에 움직일 수가 없었다.

"그 엄마에 그 딸이라더니만, 모녀가 남자는 엄청 밝혀."

"아 진짜 더러워."

"남자에 환장한 모녀라니까."

그만해, 제발 좀 그만해! 소리 지르고 싶었지만 말이 한 마디도 나오지 않았다. 메신저라면 로그아웃이라도 할 수 있는데, 지금은 그럴 수가 없다. 우리 반 아이들뿐만 아니라 집에 가려던 옆반 아이들도 복도에서 나를 구경하고 있다. 난 아이들이 내뱉는 말을 그대로 다 듣고 있어야 했다. 내가 두 손으로 귀를 막으니까, 미나와 소민이 다가와 내 손 하나씩을 잡아떼 냈다.

구경꾼들 무리에 서 있던 정유미와 눈이 마주쳤다. 유미 옆 아이가 유미의 귀에 대고 뭐라고 말을 하는 게 보였다. 주머니에 손을 넣었다. 하지만 주머니에는 아무것도 들어 있지 않다. 어젯밤 책상 앞에 앉아서 보다가 그대로 두고 온 걸 깜박했다. 눈을 감으면 소리가 덜 들릴까 싶어 눈을 감았다. 하지만 별로 효과는 없다. 쓰레기 말을 계속 듣고 있으니 내가 꼭 쓰레기가 된 것만 같다.

D-DAY 최종 결정자

학교에 가지 않았다. 아침에 일어나 아파서 학교에 못 가겠다고 하니, 새엄마는 '그럴래?' 하고 별말을 하지 않았다. 담임에게 전화를 걸어 달라는 부탁에 난처한 표정을 지었고, "제가 말하면 믿지 않을 수도 있어서요"라는 내 말에 그러겠다고 고개를 끄덕였다.

어제 새롬의 미어캣들은 제풀에 지칠 때까지 나를 욕하고 또 욕했다. 3학년 대부분이 그걸 다 지켜봤을 거다. 뺨과 종아리, 그리고 머리 한 대밖에 얻어맞지 않았지만, 아이들이 몸으로 때린 것보다 말로 때린 게 더 아팠다. 어떻게 집까지 걸어왔는지 기억도 안 난다. 밤에는 복도에서 찍힌 영상을 미어캣들이 핸드폰으로 보내 주었다. 지우고 또 지워도 계속 도착했다. 누군가 유튜브에까지 올렸다. 전국적으로 소문이 나는 건 시간문제다. 이제는 전교 왕따를 넘어 전국 왕따가 되는 건가.

엄마에게 전화를 걸었지만 촬영 중인지 받지 않았다. 잠시 후 엄마에게 무슨 일이냐고 메시지가 왔다.

- 나…… 엄마랑 살면 안 돼?

곧바로 엄마에게 전화가 왔다. 전화를 받자마자 엄마는 소리를 질렀다.

"너 생각이 있어, 없어? 엄마 결혼한다는 기사 못 봤어? 넌 딸이 엄마의 행복을 빌어 주지 못할망정 무슨 헛소리야? 내가 너랑 어떻게 같이 사니? 넌 왜 그렇게 이기적이야?"

엄마에겐 비집고 들어갈 조금의 틈도 없었다. 내가 "그게, 저기"라고 말하고 있는데 엄마는 바쁘다며 전화를 뚝 끊었다. 윗니로 아랫입술을 세게 꾹꾹 깨물었다.

종일 새엄마와 단둘이 집에 있는 것도 편하지 않다. 준영이라도 있으면 좀 나을 텐데, 준영이는 오늘 수영에 영어 학원까지 가느라 여섯 시는 되어야 집에 올 거다. 새엄마도 내가 집에 있으니 안방 문을 닫고 들어가 나오지 않는다. 나도 새엄마도 참 못 할 짓이다. 안방 문을 두드렸다.

"저 병원 갔다 올게요."

준영이가 올 때까지 근처 햄버거 가게라도 가 있어야겠다. 아침 겸 점심으로 식빵을 먹었더니 배가 고프다.

햄버거를 주문한 후 돈을 내려고 지갑을 열었는데, 지갑 안에 천 원짜리 한 장밖에 없다. 이번 달 용돈 받은 걸 다 썼나 보다. 하는 수 없이 주문을 취소하고 집으로 되돌아갔다.

집 앞에 도착해 번호키를 누르려고 하는데, 텔레비전 소리가 바깥까지 들렸다. 새엄마가 거실에서 텔레비전을 보고 있나 보다. 집 안으로 들어가는 대신 다시 엘리베이터를 탔다. 아무 버튼도 누르지 않고 서 있었더니 엘리베이터가 위로 올라갔다. 25층에서 문이 열렸지만 아무도 타지 않았다. 문이 닫히려고 해서 먼저 발을 내딛었다. 닫히려던 문이 다시 열렸다.

25층은 아파트 꼭대기 층이다. 25층 위 계단을 올라가면 아파트 옥상이 나온다. 중간고사 마지막 날 학교에서 1시에 끝났다. 새엄마 가족들이 집에 놀러 온다고 해서 그날 집으로 가지 못하고 여기에 왔다.

옥상에는 바람이 아주 시원하게 불고 있다. 난간에 기대어 바깥을 내려다보았다. 아래 있는 모든 것들이, 사람도, 자동차도 모두 다 작아 보인다. 눈을 감은 채 바람을 쐬고 있는데 누군가 내 등을 톡톡 쳤다. 돌아보니 수이드다.

"어떻게 여기 왔어요?"

"오늘까지잖아요."

주머니에서 수이드에게 받았던 카드를 꺼냈다. 'D-DAY'라는 글자가 카드 위에 떴다.

"재인 양이 결정을 아직 안 내려서 직접 왔어요. 얼른 버튼을 눌러 줘요. 재인 양이 마지막 결정자예요."

수이드는 내가 꼭 결정을 해야 한다고 했다. 나를 제외한 98명이 투표를 했는데, 곤란하게도 49:49로 표가 나누어졌다는 거다.

"지구의 운명이 저에게 달렸다고요?"

나는 침을 한 번 꿀꺽 삼켰다. 갑자기 심장이 무섭게 요동치기 시작했다.

"어쩌다 보니 그렇게 되었네요."

수이드는 내 결정에 따라 곧바로 진행이 될 거라고 알려 주었다. 신기하게도 이제까지 내가 살아왔던 시간들이 영화 필름처럼 빠르게 머리를 스쳤다. 나 혼자가 아니라 다 같이 끝나는 거라면 두려울 것도 아쉬울 것도 없다. 오히려 잘됐다. 그렇게 생각하니 조금씩 마음이 안정되기 시작했다. 아무것도 모른 채 종말을 맞이할 새롬과 미어캣들과 WHO들을 생각하니 고소하다는 생각도 든다.

"결정했어요?"

수이드의 질문에 나는 고개를 끄덕였다. 버튼을 누르려고 하는데 핸드폰 벨이 울렸다. 저장되어 있지 않은 번호다. 받지 않고 두었더니 이번엔 메시지가 떴다. 메시지를 읽은 후 수이드와 핸드폰을 번갈아 봤다. 수이드는 시간이 없다며 오른손으로 손목시계를 툭툭 쳤다. 두 눈을 꼭 감은 채 버튼을 꾹 눌렀다.

손에서 무언가 스르륵 사라진 느낌이 들어 눈을 떴다. 내가 들고 있던 카드도, 눈앞에 서 있던 수이드도 사라졌다. 수이드가 서 있던 곳으로 걸어가 손을 휙휙 저었다. 아무것도 만져지지 않는다. 고개를 돌려 주변을 둘러보았지만 아무도 없다. 갑자기 다리에 힘이 풀렸고 그대로 주저앉았다.

좀 전에 도착한 메시지를 다시 한 번 읽었다.

- 오늘 너네 반 갔는데 너 결석했더라. 지금 뭐해? 나 끝내주게 맛있는 일본 라면집 찾아냈어! 한 번도 먹어 보지 않은 사람은 있지만, 한 번만 먹어 본 사람은 없다는 전설의 라면집이래! 지금 먹으러 갈 건데 같이 가자~ 지난주에 진 빚 오늘 갚을게. ㅎㅎ

유미에게 보낼 메시지를 작성했다.

- 지금 갈게. 거기가 어디야?

메시지를 보낸 후 바닥에서 일어나 엉덩이에 묻은 먼지를 털어 냈다. 옥상 문을 열고 나왔다. 그 기가 막히다는 라면을 한번 먹어 봐야겠다.

한때 재난 영화를 아주 좋아했다. 지구가 꽁꽁 얼고, 홍수가 나고, 좀
비 떼가 습격하고. 현실에서는 일어나지 않을 법한 일이기에, 만들어
진 가짜 이야기이기에 즐겼다. 속상한 일이 있으면 "아, 지구가 확 종
말해 버렸으면 좋겠다"고 외쳤다. (물론 혼자 있을 때만.) 나 혼자 죽긴
싫으니까. 그리고 어차피 절대 벌어지지 않을 일이니까. 지구 종말
은 나의 조커 카드였다. 그런데 영화에서나 벌어질 법한 일들이 현실
에서 일어났다. 배가 가라앉고, 전염병이 돌고. 어, 아닌데. 주인공은
살아남아야 하는데. 하지만 너무나 많은 주인공들이 사라져 버렸다.
셀 수 없을 만큼 많은 지구가 종말했다. 다른 지구의 소멸을 지켜보
며, 내 지구의 불빛이 하나씩 꺼져 갔다. 그래서 이제는 예전만큼 재
난 영화를 좋아하지 않는다. 부디 더 이상의 지구가 사라지지 않기를.

괜찮은 제안

김혜진

대학에서는 정치외교학을 전공했지만 졸업과 동시에 글쓰기를 시작했다. 사소하고 평범한 것들이 지닌, 옅지만 견고한 결에 대한 글을 쓰려 한다. 청소년소설 『프루스트 클럽』, 『오늘의 할 일 작업실』, 『밤을 들려줘』와 판타지 동화 '완전한 세계' 시리즈인 『아로와 완전한 세계』, 『지팡이 경주』, 『아무도 모르는 색깔』, 『열두째 나라』를 썼다.

한숨, 고백, 24시간, 빗소리.

감독관이 칠판에 시제를 적어 나간다. 긴장감 때문에 몸이 떨린다. 배가 조금 아프지만 이 느낌은 사라질 것이다. 초조함은 곧 분주한 마음에 눌려 납작해진다.

시간은 고작 3시간. 아이디어부터 생각해서 쓰려면 턱도 없다. 고등학교 와서 백일장을 몇 번 말아먹은 뒤로는 준비를 하게 됐다. 인물, 갈등 상황, 결말이 빼곡하게 적힌 습작노트. 분위기를 맞출 문장들. 날씨 묘사, 감정의 은유와 직유와 환유. 요점 정리하고 오답풀이 하는 애들과 다를 게 뭐가 있나.

하긴, 애초에 달라야 한다는 생각부터가 웃긴 것일까. 어차피 팔다리 묶인 채 정해진 룰을 따라야 하는 똑같은 고등학생. 글 써서 대학 간다, 그게 지금 나의 목표인 이상은.

여러분은 문학소녀들이니까요…… 문예부 지도교사였던 국어 선생님 말에는 정말 소름이 끼쳤다. 그 말을, 너무나 진심으로 해서. 눈가에 어린 눈물. 중년의 아줌마. 아이들의 글에서 좋은 점을 하나라도 찾아내려고 애쓰던. 자신이 우리 나이에 얼마나 시와 문장을 사랑했는지, 지루하고 순진하게 늘어놓던.

2학기에 갑자기 지도교사가 바뀌었다. 선생님은 남편이 암에 걸려 휴직을 하게 되었다고 떨리는 목소리로 말했다. 비밀이지만, 문예부 여러분에게만은 말하고 싶었어요. 세상은 가끔 이렇게 예기치 않은 불행을 안겨 준답니다. 하지만 절망해서는 안, 돼, 요, 라고.

진심인 것은 안다. 하지만 우리만 알고 있으라던 얘기가 전교에 쫙 퍼지는 걸 실시간으로 보는 것은, 당사자를 고려하지 않더라도 피곤한 일이었다.

스물일곱, 여덟? 생초보 국어교사가 그 자리를 넘겨받았다. 아직은 앳된 얼굴을 하고, 부장인 내게 자신은 '이런 쪽'에 크게 관심이 없으며 해 오던 대로 하면 된다고 말했다. 그녀가 3학년 교실에서 아이들과 기 싸움을 하다가 했다는 말은 소문의 일부였다. 교사 되는 게 쉬운 줄 알아? 너희가 아무리 애써 봤자 나 정도라도 될 수 있을 거 같니?

현실적인 충고는 내게도 했다. 교내 입상으로 생활기록부 아무리 채워 봤자 문학특기에는 별 도움 안 되는 거 알지? 수능 공부 놓지 마, 수시만 보지 말고. 여태 수상 실적이 이 정도면 앞으로 잘되리라는 보장도 없잖아.

그 수상 실적을 한 줄 늘리려고, 하루도 손에서 놓은 적이 없었던 습작노트가 머릿속에서 팔랑팔랑 넘어간다. 고백. 비밀 카테고리. 시한부 인생? 뻔하다. 사랑 고백? 더 뻔하다. 고해성사⋯⋯ 신부 입장에서, 누군가 고해성사를 하러 오고? 이 항목은 습작노트에 없으니 쓸 수 없다. 모르는 걸 아는 척 꾸며 쓰면 대번 티가 날 것이다.

여러분의 생생한 삶에 대해 쓰세요, 지난주 도원백일장 시상식 때 심사위원이 한 말. 참으로 그럴듯하고, 참으로 어이없는 말이었다. 만일 내가 상을 받았다면 그 앞에 섰을 때 물었을 거다. 우리가 생생한 삶을 살고 있다고 생각하세요? 칙칙해 죽을 거 같은 옷을 입고 칙칙해 죽을 거 같은 장소에서, 칙칙해 죽을 거 같은 시간을 보내고 있다고요. '진짜' 삶이 아닌 걸 할 때만 살아 있는 거 같아요, 그래서 게임을 하고 애니메이션을 보고 연예인을 파고, 지극히 소수의 아이들은 책을 읽죠. 글을 쓰죠.

그 글이 수단인지 목적인지 헷갈리기 시작한 나 같은 아이는, 그런데다가 상 하나 타지 못한 아이는 결국 아무런 말도 하지 못할 테지만요.

입 닥치고 글이나 쓸까요. 24시간. 막연하다. 빗소리. 서정적인 건 취향이 아니다.

한숨. 힘들 때의 한숨과 안도의 한숨을 대비시켜서, 앞부분에 힘든 일이 있고 그걸 극복한 다음에 안도의 한숨을 쉬는 마지막 문장으로 마무리. 소재는…… 공부, 가족, 뻔하다. 다이어트? 가볍다. 대신 무게감 있는 뭘 연결하자. 다이어트는 겉의 문제, 실제로는…… 언니와의 비교. 언니와 비교당하는 아이 얘기를 정리해 둔 적 있다. 언니는 날씬하고 얘는 뚱뚱하고. 나중에 알고 보니 언니도 동생을 부러워하는 면이 있어서 마지막에 화해하는 걸로. 기승전결. 앞부분은 짧게, 클라이맥스를 넉넉하게. 구성에 한 시간, 초고 한 시간, 수정하고 원고지에 옮기는 데 한 시간.

나눠 준 연습지에 대충 흘려 쓰고 나니 12시 40분이었다. 이제 원고지에 옮기는 것만 하면 된다. 분주한 마음이 한풀 꺾이자 비로소 고개를 들 수 있었다.

대학 강의실을 빽빽하게 채운 아이들, 그 뒷모습만 보면 모의고사와 다를 게 없다. 사각사각 연필이 종이를 긁는 소리에 가끔 한숨 소리가 섞인다. 시험 보듯 창작을 하고 있다는 게 이제는 도리어 마음 편하다.

원래 문예부 글 쓸 때 이렇게 각 잡고 그러는 거예요? 음악 들으면서 하면 안 돼요? 예나의 말에 아이들은 내 눈치를 보고 선생님은 웃었다. 색종이로 손바닥만 한 모자를 접어 쓰고 하라며 아이들에게 나눠 주는 예나. 곰 인형을 하나 안고서 생각이 안 날 때마다 얼굴을 거기 파묻는, 알 수 없는 아이. 허세? 가식? 아니면 나로선 이해 안 되는 진심?

빼질거리는 타입은 아니다. 1학년 중에서는 제일 열심이고 차기 부장감이라고도 한다. 오늘도 문예부에서 여섯 명이 사전 신청을 했는데 결국 나와 예나만 나왔다. 하지만, 얘의 뭔가가 날 자꾸 건드린다.

글 쓰는 게 재미있어요. 전 재미없는 일은 안 해요. 예나가 작년 신입 부원 자기소개 때 했던 그 평범한 말이, 거슬렸다. 예나의 글을 처음 보게 되었을 때는 긴장했었다. 진짜 괜찮은 글일까봐. 하지만 평범했다. 안도했고, 그런 스스로가…… 혐오스러웠다.

예나는 나에게 친근하게 군다. 치댄다. 캔 커피와 바나나 우유, 때마다 안부 문자. 선배님, 즐거운 설날 보내세요. 선배님, 시험 잘 보세요, 파이팅! 내 답장은 늘 똑같다. 그래, 너도. 그래, 너도. 어제도 여기 백일장 같이 가자는 문자가 왔었다. 가는 길에 따로들를 때가 있다고 잘랐다. 넉살이 좋은 건가, 눈치가 없는 건가. 그럴수록 나는 차가워진다. 밀어 내고 싶다. 아무리 밀어 내도 밀리지 않는 것 같아서 더욱 그렇다.

쓸데없는 생각. 집중하자. 맞춤법. 띄어쓰기. 비문 주의.

다 쓰고 나니 손가락이 저렸다. 연필을 받치느라 움푹 파인 중지와, 굳은 어깨의 뻐근함으로 완성도를 가늠한다. 솔직히 딱 마음에 들지는 않지만 못 쓴 것도 아니다.

1시 45분, 강의실엔 몇 명 안 남았다. 끝까지 붙들고 있는 애들 대부분은 나와 같은 길을 선택했을 것이다. 대회마다 마주쳐서 이젠 무슨 동창이라도 된 것처럼 친숙해진 얼굴들도 있다. 저 맨 앞의 빨간 비니, 쟨 도원백일장에서도 같은 강의실이었다. 되게 빨리 쓰고 나가서 놀러 나온 앤 줄 알았는데 시상대에 올라갔다. 장려상인가 뭔가, 높은 상은 아니었다. 그런 건 부지런히 수집해 봤자 큰 상 하나에 밀린다.

나는 큰 상을 너무 일찍 받았다. 중2 때 멋모르고 나간 백일장에서, 최우수상. 대상 바로 밑 장관상이었다. 책 읽는 걸 좋아하긴 했어도 글쓰기가 특기라고 생각해 본 적은 한 번도 없었는데 그렇게 되었다. 며칠을 설레서 잠도 못 잤고, 학교와 집에서도 난리였다.

고등학교 오자마자 문예부 들고 계속 백일장에 나왔다. 선생님들도 애들도 다 알았다. 너는 이제 이쪽으로 가면 된다고, 그렇게 큰 상 한 번 더 받으면 웬만한 데 수시는 갈 수 있다고. 그런데 지난 2년간 뭘 했나. 고작 장려상 두 개. 그걸론 어디 들이밀지도 못한다. 실기만 보는 데도 있다. 하지만 백일장에서 안 되는데 실기라고 될까?

수도 없이 생각했다. 그때 최우수상 받았던 글과 지금까지 쓴 글들이 뭐가 다른가. 가끔은 심사위원들을 붙잡고 묻고 싶다. 기준이 뭐냐고, 읽기는 다 읽냐고. 내 글이 도대체 뭐가 문제냐고.

이제는 공모전 사이트에 떠 있는 광고가 눈에 들어온다. 문학 특기 1:1 과외, 백일장 대비 첨삭 지도…… 엄마는 지금이라도 그런 거 받아 보자고 조심스레 말을 꺼냈다. 자기 특기 살려 엄마 손 안 타고 대학 갈 우리 딸이라는 엄마의 환상은 그때 폐기 처분되었을 것이다.

이제 개학하면 고3. 수시 전까지 기회는 몇 번 없다. 원고지에 단정하게 쓰인 글씨들이 순간 흐릿해졌다.

시상식은 5시. 원고를 제출하고 나면 매번 갈등한다. 시상식까지 몇 시간을 기다렸다 참석하나, 그냥 가나. 그냥 가도 상을 받으면 학교로 보내 준다. 남았다가 빈손으로 돌아가는 허탈함과 비교한다면 가는 게 낫다. 하지만 남아야 확률이 높아질 것 같은 이상한 미신 같은 게 있다.

꺼 놓았던 휴대폰을 켜니 예나 문자가 먼저 보였다.

- 선배 다 쓰셨어요? 어디 계세요?

- 전 열두 시 반에 나왔어요.

- 점심 뭐 드실 거예요? 시상식 보고 가실 거죠?

아. 머리가 아파 온다.

- 어, 나 친구 만나서 친구랑 점심 먹을 거 같다. 이따 보자.

두 번째 거짓말. 미안, 하고 덧붙이려다 말았다.

아까 오는 길에 편의점에서 산 캔 커피와 몽쉘 한 개, 어디 구석에 틀어박혀서 그거나 먹자. 책도 가지고 왔지만 지금은 책을 읽으면 글자들이 엉킬 것 같다.

애들을 피해 구석진 계단참에 자리를 잡았다. 흠집 난 계단에서는 옅은 락스 냄새가 났고 계단 위쪽으로는 큰 창이 있어 고개를 들면 바깥이 보였다. 햇살은 얇게 덮인 이불 같았다. 찬바람 한 번에 날아가 버릴 것이다.

- 잘 썼어? 수고했어. 저녁 맛있는 거 해 줄게.

엄마에게서 문자가 왔다. 내가 백일장 나갔다 온 날이면 엄마는 꼭 특식을 준비한다.

하고 싶은 거 밀어주겠다는 엄마가 딱히 좋지는 않다. 그래서 문창과 나오면 뭐하는 건데, 하고 다 알면서 묻는 아빠는 질색이고. 꼭 그렇게 모르는 척 묻고 대답을 받아 내야 직성이 풀리나. 눈앞의 일만으로도 벅차 죽겠는데. 가끔 상상한다. 전쟁. 교통사고. 불치병. 미래 설계 따윈 필요하지 않게 될 상황을.

차라리 그렇게 되기를 바라는 걸까? 물음표 끝 갈고리에는 또 다른 물음표들이 걸린다. 이 길이 맞을까? 내가 제대로 하고 있는 게 맞나? 애초에, 그 상을 받지 않았다면 어땠을까.

물음표들을 가슴속으로 꼭꼭 누른다. 그걸 묻기 시작하면 모든 게 흔들린다. 지금까지 여기에 투자한 시간과 노력이 아무것도 아닌 게 된다. 다른 애들이 문제집을 풀고 단어를 외울 때 나는 책을 읽고 문장을 쓰고 습작노트를 정리했다. 수학은 아예 포기했고 영어는 기본만 겨우 한다. 처음엔 그렇게 공부에 목매달지 않아도 된다는 게 좋았고, 우쭐했고, 내 자신이 특별한 것 같았다. 내 길이 더 쉬울 거라 생각했다. 그런데 그 좁디좁은 길이 막다른 길이라면…….

탁, 탁, 누군가 느릿하게 계단을 밟아 올라오는 소리가 들렸다. 그냥 지나쳐 가라, 속으로 비는데 빨간 비니가 삐죽 올라오고, 눈이 마주쳤다. 마른 뺨과 퀭한 눈. 그 애는 몇 계단 아래 벽 쪽에 자리

잡고 앉았다. 이 공간이 내 것이 아닌데도 침범당한 기분이었다.

아, 딴 데로 갈까. 하지만 밖 어디에 예나가 있을지 모른다. 선배, 친구는요? 해맑게 묻겠지.

빨간 비니는 구부정하게 몸을 굽혀 가방 속을 들여다보고 있었다. 저 자리만 동그랗게, 그늘이 져 있는 것처럼 느껴졌다. 내 정신이 이렇게 지쳐 있는 상태만 아니었다면 저 가방 속엔 무엇이 들어 있을지, 어떤 책을 읽고 어떤 음악을 들을지 궁금해할 것이다. 훔쳐보고, 상상하고, 판단하겠지. 지금은 그저 방해받지 않고 시간이 빨리 가기만을 바란다…… 아니다. 솔직히 이 시간이 느릿하게 흘러가길 바란다. 유예의 시간. 내 할 일은 다 했고 결과는 아직 나지 않은. 이럴 때만 마음을 쉴 수 있는 것 같다.

"저기. 너 지난주에 도원백일장에도 오지 않았어?"

빨간 비니가 몸을 돌려 날 올려다보고 있었다. 뭐라고 말을 받아야 하지? 입속으로 웅얼거리는데 빨간 비니는 거침없이 말을 이어 갔다.

"아까부터 어디서 봤다 싶었는데 이제 기억났다. 오늘 시제 뭐 썼어?"

"아…… 한숨."

"난 고백. 혼자 왔어?"

"학교 후배, 하나 같이 왔는데. 그냥 따로 다녀."

내 대답은 듣는 둥 마는 둥 하고, 빨간 비니는 몸을 축 늘어뜨려 벽에 기댔다.

"진짜 피곤하다. 어제 밤샜어. 고속버스 시간 맞추느라…… 넌 서울?"

산만한 듯 이어지는 이야기. 뭔가, 자기 얘기를 하고 싶어 하는 것 같았다. 짧은 시간에 많은 정보가 흘러들어 왔다. 청주에서 왔고, 나처럼 이제 고3이 되고, 무민이라고 부르는 하얀 강아지를 키우고, 두 살 어린, 프로게이머가 되고 싶어 하는 남동생이 있고.

그러다가 얘기가 본격적으로 이어진 것은 얘가 좋아하는 펜의 색깔과 상표까지 알게 된 후였다.

"그런 거 알아? 고속버스 타고 다니면 똑같은 풍경을 계속 보게 되거든. 그걸 보고 어디쯤 왔다 짐작할 수 있어. 서울 근처에 오면 큰 교회가 있는데, 교회 이름이 커다랗게 자음으로만 적혀 있어, 히읗, 비읍. 무슨 뜻일까 볼 때마다 궁금하더라고. 뭐 찾아볼 수도 있겠지만 괜히 그러긴 싫고."

자동으로 머리가 돌아간다. 행복. 화보. 흥분. 한방. 교회 이름이 한방이면 웃기긴 하겠다.

"재작년에 여기 백일장 올 때도 그걸 봤지. 입학식 전이었는데도 선배들이 데리고 왔어. 동네가 좁아. 중학교 때 문예반 선배들이 고등학교 가서도 다 그러고 있으니깐, 넌 당연히 우리랑 다니는 거다, 입학하기 전부터 그랬다니까. 그때 버스 옆자리에 두 학년 위 언니가 앉았는데, 중학교 때부터 좀 튀는…… 상도 많이 타고 그런 언니였어. 한 시간 반 오면서 언니한테 고등학교 얘기도 물어보고 그랬는데, 언니가 자기 얘길 하더라고. 까마득한, 나 같은 후배한테 자기 고민 같은 거 얘기하니까 또 완전 열심히 들었지. 희한한 게, 그 언니는 백일장도 나가기 싫고 문득 하기도 싫다고 그러대. 엄마가 억지로 시키는 거라고. 그러더니, 나한테 제안을 했어. 서로 이름을 바꿔 써서 내자고. 내가 언니 이름으로, 언니가 내 이름으로."

반쯤은 딴 생각하며 듣다가, 정신이 확 들었다.

"그게 가능해?"

"아예 학생증 바꿔 가지고 들어가는 거지. 주소랑 연락처 외우는 게 좀 까다롭지만, 학생증 뒤에 적어 놓으면 된다고 하더라. 얼떨떨하게 듣고 있는데, 갑자기 그 교회가 보이는 거야. 히읗, 비읍이 딱 읽히더라. 해, 봐. 그래서 한다고 했지. 계시잖아. 그냥 재밌는 모험 같은 거라 생각했어."

신분증 도용은 생각할 것도 없이 강퇴 대상이다. 학교까지 연락이 갈 수도 있다. 그걸 재미로 한다는 건 어떤 정신으로 가능한 걸까. 앤 또라이다, 한마디로.

"그리고 솔직히 그 언니가 나보다 잘 쓸 테니까, 난 손해 볼 거

없을 거 같았고. 내 이름으로 내지 않을 거니까 그냥 막 썼어. 그러
니까 더 잘 써지더라? 남 이름 붙이기 아까울 정도로. 근데 약속을
해 버린 거잖아. 진짜 많이 망설이다가…… 그 언니 이름을 썼지."

"그 언니는? 그 언니도 약속대로 했어?"

"그랬겠지……."

그 애는 약간 한숨을 쉬면서 빨간 비니를 잡아끌었다. 눈썹과
코가 가려지고, 대신 뒷머리가 부스스 일었다. 비니 밑에서 까만
목소리가 흘러나왔다.

"그 언니가 대상 탔어, 그때."

숨이 턱 막혔다. 대상이면 대통령상. 모두가 목매는, 황금티켓.
남이 쓴 글로. 내 앞에 얘가 쓴 글로. 말도 안 돼. 그런 일이 있을
리가 없다.

"언니는 절대 말하지 말자고 하더라. 자기도 자기지만, 나도 문
제될 거라고. 블랙리스트 오르면 앞으로 어디 백일장도 못 갈 거
라고. 내가, 그때는 되게 통통한 편이었거든? 한 달을 밥을 못 먹
었어. 처음엔 속은 거 같고 억울하기만 했는데, 갈수록 여러 생각
이 들었어. 그 언니가 내가 글을 잘 쓰는 줄 알고 의도적으로 그
런 걸까? 그럴 리가 없지. 나도 내가 그럴 줄 몰랐는데. 그런데 왜
하필이면 나에게 그런 제안을 했을까. 결국 포기했어, 뭐 다른 방
법도 없잖아. 원고들은 다 폐기했을 텐데, 필적감정이라도 하자

고 덤빌 수도 없고. 그런데 말이야, 딱 하나가 머릿속에서 안 없어지는 거야. 그 언니는 내 이름으로 어떤 글을 썼을까…… 그게 궁금해 미치겠더라고. 내가 문자를…… 한 백 통은 보낸 거 같은데. 그것만 알려 달라고. 그 언니는 대답을 안 했어. 나중에 생각해 보니까, 무슨 증거처럼 쓰일 수 있으니까 피한 거 같애. 나 혼자 망상병 걸린 애처럼 집착하고 그랬다고 말할 수 있도록. 그러다 도저히 안 되겠는지 한번 만나자고 하더라. 밤에, 우리 동네 놀이터에서. 나한테 돈을 줬어. 삼십만 원. 어이없지 않냐? 그리고 그 상 받은 걸로 대학 가더라고. 문예창작과. 실기 안 보고, 실적만 보는 데로. 나는…… 미친 듯이 백일장 나왔지. 내가 잃어버린 걸 찾으려고……. 그런데 애초에 잃어버리긴 한 건가? 내가 대상 탈 실력이 되는 거였으면 또 그럴 수 있어야 하는 거 아닌가? 근데 안 돼. 절대 안 되더라고. 그런데 오늘 버스 타고 올라올 때 말이야, 계속 자다가 눈을 떴는데 그 교회가 보이더라. 그 글자가. 해 봐. 오늘 시제를 보고 알았지. 또 계시였구나. 시제 중에, 고백이 나왔잖아.”

빨간 비니는 갑자기 웃었다. 작은 입이 옆으로 길게 벌어지자 얇은 입술이 팽팽하게 당겨졌다.

“나 그 언니 얘기 썼다? 그 언니 시점으로. 대상 받고 문예창작과 온 대학생인데, 사실 그 글은 내가 쓴 게 아니다…… 이렇게.

아주 잘 써지더라고, 디테일 생생하게."

그 애의 말이 내 머리를 또 한 번 후려갈겼다. 떠듬떠듬 물었다.

"불러서, 무슨 소리냐고 물어보면, 어떻게 해?"

"픽션이라고 하면 되지, 뭘. 어차피 픽션인 줄로 알겠지. 근데 이 글로 상 타면 진짜 웃길 거 같지 않아? 무슨 생각으로 상을 준 거냐고 물어보고 싶어질 거야. 아, 처음 얘기해 봤다, 이런 거."

말을 마친 빨간 비니는 기지개를 켰다. 그 애를 동그랗게 감싸고 있던 그림자가 활짝 넓어졌다. 거의, 내게 닿을 정도로.

"나한테…… 이런 얘기 해도 되는 거야?"

"어차피 모르는 사이잖아. 너 내 얘기 믿어? 뻥친 건지도 모르잖아."

맞는 말이다. 기분이 좀 냉정해졌다. 애초에 얘가 거짓말을 하는 거라면, 진지하게 받아들인 내가 바보다. 하지만 이런 거짓말을 굳이 꾸며 낼 이유가 있을까? 나 하나 속여서 뭐하려고.

"아직도 한 시간 남았네."

핸드폰을 확인하더니, 빨간 비니는 비니를 벗고 흐트러진 머리를 손으로 빗어 넘겼다. 이 정적이, 이 공간이 요동치는 것 같았다. 바깥은 저렇게 평온한데…… 아니야, 밖에 돌아다니는 애들, 말없이 자리에 앉아 있는 애들도 마찬가지야. 그 속에 뭐가 끓고 있는지는 아무도 모른다.

"못 믿겠어."

툭 말이 나왔다. 빨간 비니가 픽 웃었다.

"그럼 이건 어때. 다음에, 어디 대회에서든 우연히 마주치면……
그때 나랑 이름 바꿔서 써 볼래? 신분증부터 바꿔야 하니까, 시
작 전에 마주치면. 어때?"

바꾼다고? 나를 얘로, 얘를 나로? 그냥 한번 하는 소리겠지. 나
를 놀리려고 하는 말이야. 가까스로 입을 열었다.

"너, 나 글 어떻게 쓰는지도 모르잖아."

"그러니까 하는 거야, 모르니까. 안 그래?"

상상이 된다. 원고지에 내 이름 대신 다른 이름을 쓰고, 다른
사람이 되어 글을 쓴다. 그 기분은 어떨까. 심장이 막 뛴다. 아플
정도로. 이렇게 생생한 느낌, 살아 있는 것 같은 느낌은 정말 오
랜만이었다. 아니, 처음이었다. 몸이 저절로 떨렸다. 목소리까지
떨리는 거 같았다.

"그래서, 혹시…… 내가 네 글로 또 상…… 높은 거 타면 어쩌
려고?"

"그렇게 되면 그거야말로 내 운명이지. 억울해 죽을 거 같겠지.
근데, 그런 게 진짜 사는 거 아니야?"

빨간 비니가 내게 되물었다. 사는 거. 산다는 게 뭐였지?

그때 계단 위에서 말소리가 났다. 소스라치게 놀라 벽 쪽으로

붙었다. 빨간 비니도 입을 딱 다물었다. 생머리를 허리까지 기른 여자가 핸드폰을 귀에 대고 계단을 내려와 우리 옆으로 지나갔다. 어, 아니, 정말? 말소리가 점점 멀어지고 나서도 우리는 아무 말도 하지 않았다.

창밖에서 들리는 소리. 똑딱똑딱, 어디에 시계가 있나? 내 머릿속에서 나는 소리인가?

방금까지 나눈 대화는 공기 중으로 흩어졌다. 내가 그런 얘기를 들은 게 맞나? 이대로 가만히 있으면, 아무 일도 없었던 것처럼, 쟤는 일어나 자기 갈 길을 가고, 나도 그렇고……. 목이 말랐다. 커피 말고 물을 샀어야 했다. 침을 삼키고, 입을 열었다.

"그래. 하자."

하긴 뭘 해, 농담이지, 빨간 비니가 그렇게 말할까 봐 두려웠다. 빨간 비니는 대신 약속이라고 말하면서 오른손을 내밀었다. 차가울 줄 알았는데 그 애의 손가락은 감기 걸린 사람처럼 뜨거웠다. 내 손가락에 그 열이 묻어났다.

갑작스레, 머릿속으로 문장들이 쏟아져 들어왔다. 다음 백일장에선 이 얘기를 쓰자. 시제가 뭐든 맞출 수 있으니까. 아니, 백일장 같은 건 상관없다. 제안을 받는다. 내기를 한다. 어떻게 결론이 날까. 그것만이 궁금하다. 빨리, 그 이야기가 내 연필 끝에서 흘러나오는 걸 보고 싶을 뿐이다.

가방을 챙겨 일어났다. 빨간 비니 옆을 지나 계단을 내려갈 때, 내 발걸음 소리에 섞여 가벼운 웃음소리가 들려왔다. 그건 마치 시작을 알리는 종소리 같았다.

필명으로 글을 쓰는 것은 내 오랜 꿈이다. 다른 이름을 뒤집어쓰고서,
더 세고 더 막 나가는 글을 쓰고 싶다. 익명의 자유와 방종에 대해서
말하려는 것은 아니다. 내가 '나'라고 생각하고 있는 이 틀을 어떻게
벗어날 수 있을까의 문제이다.

지금의 '나'를 만들어 내기 위해 온 힘을 기울이긴 했다. 내가 누구인
가 하는 안팎의 질문에 답하기 위해 좋고 싫음을 가르고, 취향을 다듬
고, '옳은' 것처럼 보이는 것을 찾아 헤매었다. 하지만 이 편안한 익숙
함이 내 숨마저 길들이고 있다는 생각이 든다.

살며시 새로운 이름을 얹어 본다. 손해 볼까 걱정하지 않고, 비난받을
까 두려워하지 않고. 다른 것들이 보이기 시작한다. 낯선 바람이 분
다. 이건 어쩌면 진짜 나로 돌아가는 길인지도 모른다.

안찡의
가방

박영란

소설집 『라구나 이야기 외전』과 장편 『나의 고독한 두리
안나무』, 『영우한테 잘해줘』, 『서울역』, 『못된 정신의 확
산』 등을 펴냈고, 동화 『옥상정원의 비밀』을 썼다.

1

안찡이 두고 간 가방 앞에 언니와 나란히 앉았다. 내가 속삭였다.

열어 보자.

그럴까.

그래.

에이. 관두자.

왜.

폭발할지도 모른다. 꽝.

둘이 웃고 말았지만 궁금하긴 했다. 베이징 애들은 여행 다닐 때 가방 속에 뭘 넣어 다니는 걸까.

그것보다 더 궁금한 게 있었다. 그건 가방을 두고 갔으면서 연락이 없다는 것이다. 투숙객들은 작은 물건 하나를 두고 가도 재깍 연락이 온다. 그런데 안찡은 연락이 없다. 우리 집에서 보낸 1박이 여행 마지막 날이라고 했으니 지금쯤이면 베이징에 있는 자기 집에 도착하고도 남았을 텐데.

언니 말마따나 정말 폭탄이라도 들어 있는 것일까? 뚜껑을 여는 순간 폭발하도록 설정해 둔 폭탄 말이다.

아니라면 왜 찾으려고 하지 않는 건가. 자기 가방을 잃어버린 줄 모르는 것일까? 버리려고 마음먹은 건가.

캐리어를 통째로 두고 가다니. 이틀이 지나도록 연락조차 없다니. 게스트하우스 시작한 지 3년인데 아버지도 이런 일은 처음이라고 했다.

안찡 일행을 맞이한 건 나였다. 안찡 일행이 온 그 시간에 집에는 나뿐이었다. 예약 손님이 온다는 걸 알고 있었기 때문에 당황하지는 않았다. 예약한 방을 안내만 해 주면 되었다. 여행 마지막 날 밤을 우리 집에서 묵고 다음 날 베이징행 비행기를 탈 사람들이었다.

안찡 일행은 여섯 명이었는데, 그중 안찡이 가장 어려 보였다. 다른 다섯 명은 직장인이나 대학생 같아 보였다. 안찡은 언니나

이모를 따라온 건지도 모른다.

안찡은 스키니 청바지에 양쪽 허리 부분이 길게 트인 노란 '치파오 블라우스'를 입었다. 겨드랑이까지 깊게 트인 것도 있는데 안찡이 입은 건 갈비뼈 끝단 정도까지 트인 거였다. 치파오 블라우스가 베이징 사람이라는 표시는 아니었다. 옆이 트인 셔츠나 청스키니는 나도 있다. 그런 옷은 누구나 가지고 있다.

안찡 일행이 중국인이라는 걸 드러내는 건 말뿐이었다. 안찡 일행은 계단을 올라가면서 쉴 사이 없이 말을 주고받았다. 중국어는 나한테 외계 언어나 마찬가지라 한 마디도 알아들을 수 없었지만 뭔가 재미있는 일이 있는 모양이었다.

안찡.

시시.

중국말을 모르는 내가 알아들은 건 일행 중 두 명의 이름이었다.

방을 안내해 주고 돌아서는데 불쑥 안찡이 이랬다.

하우 올드 아 유?

분명히 나한테 하는 말이었다.

왓?

순간적으로 반응하고 숨을 고르면서 생각했다. 내 나이는 왜 묻는 거지? 당황한 내 얼굴을 안찡이 빤히 보더니 웃으면서 다시 물었다.

세븐틴? 에이틴?

세븐틴.

엉겁결에 답하자 안찡이 손가락으로 자기 얼굴을 가리키면서 이랬다.

세븐틴.

자기도 열일곱이라는 거였다. 같은 나이니까 친하게 지내자는 뜻인가. 내가 게스트하우스 주인처럼 굴어서 신기했던 건가? 열다섯 살 때부터 게스트하우스 일을 도왔지만 손님이 나이를 묻는 경우는 처음이었다. 당황한 내 입에서 이런 답이 튀어 나갔다.

생큐.

순간 안찡 일행의 시선이 모두 나한테 쏠렸다. 그리고 다음 순간 동시에 웃어 댔다. 내가 생각해도 웃겼다. 나이를 묻고 알려 줬을 뿐인데 '생큐'라니. 뭐가 고맙다는 건지. 하지만 이미 내뱉은 말이니 주워 담을 수는 없다. 배짱을 부릴 수밖에. 나도 빙그레 웃어 주었다. 그러자 안찡 일행이 이번에는 맘 놓고 웃는 것 같았다. 웃으라지. 실컷 웃게 그냥 두었다. 이만하면 손님맞이 잘한 거지 뭐. 층계를 내려서려는데 안찡이 내 뒤통수에 대고 이랬다.

감싸함미다.

난생처음 해 보는 한국어 같았다. 말이라기보다는 '베스킨라빈스'나 '더페이스샵' 간판을 읽는 느낌이었다. 어쨌든 그 말을 내가 알아들었다. 나도 내가 알고 있는 유일한 중국어로 응수했다.

쎼쎼.

그러자 안찡 일행이 일제히 '쎼쎼' 외쳤다.

2

아래층에 내려오니 엄마가 와 있었다. 빵집 다녀오는 길이라고 했다. 우리 집은 투숙객들한테 아침 식사를 제공한다. 두세 가지 빵에 잼과 버터, 우유와 커피가 기본이다.

길 건너편에 있는 호텔 조식은 메뉴가 열 가지쯤 된다고 했다. 조식 가짓수를 제외하고 다른 모든 건 호텔보다 우리 집이 좋다는 게 내 생각이다. 침대 시트는 옥상 햇볕에 바싹 말린 깨끗한 걸로 매일 바꾸고, 인공 방향제 같은 건 쓰지 않는다. 얼룩진 매트를 시트로 덮어 놓고 보이는 곳만 대충 청소한 싸구려 호텔과는 비교도 안 된다. 이건 엄마와 아버지의 자부심이다.

예약 손님들 왔어.

내가 알리자 엄마가 2층을 턱으로 가리키면서 물었다.

어때?

나보고 열일곱 살이냐고 묻던데.

그건 왜 묻는데?

이 나이에 민박집에서 일하니까 신기한 거겠지.

민박집 아니고, 게스트하우스.

그게 그거지.

공연히 손님들한테 인상 쓰지 말고 상냥하게 해!

나 혼자 손님을 맞이해서 심통 부린다고 생각했는지 엄마가 한마디 찔렀다.

누가 인상 썼대?

그러자 엄마가 이랬다.

너도 나중에 베이징으로 여행 갈지 모르잖아.

아이쿠, 어머니. 베이징 간다고 저 사람들 만날 수 있는 거 아니거든요.

하여간 엄마는 무슨 일이든 너무 멀리까지 생각하는 게 문제다. 계단을 뛰어오르는 나한테 엄마가 소리 질렀다.

친절은 무조건이야. 그건 기본이라구!

네. 네. 건성으로 대답하고 내 방으로 뛰어 올라왔다.

내 방은 3층에 있다. 다락방인데 한쪽 지붕 경사면이 내 방이고, 다른 쪽 경사면이 언니 방이다. 안쩡 일행은 방 두 개를 썼는데 모두 내 방 아래쪽이었다.

안찡 일행이 아랫방에서 묵던 날이었다. 안찡 일행은 밤늦도록 창문을 활짝 열어 놓고 떠들었다. 내 방까지 말소리가 올라왔다. 창밖을 내다보면서 소리치기까지 했다. 어쩌면 담장을 둘러친 분홍 장미를 보면서 탄성을 질렀던 건지도 모른다. 희미한 보안등 불빛 아래 피어난 우리 마당 덩굴장미를 보면 누구든 감탄하기 마련이다. 사진도 찍는 것 같았다. 어쩌면 우리 집을 SNS에 올렸을 수도 있다.

게스트하우스를 처음 시작했을 때는 아버지가 트위터에 매일 사진을 올렸었다. 이제 그런 건 접었다. 우리 집은 제주도나 울릉도에 있는 민박들과는 다르다. 여긴 국제공항 근처다. 단기 투숙객이 대부분이다.

특이한 경우도 있긴 있다. 우리 집에서 일주일이나 머문 사람이 있었다. 그 호주 사람은 우리 집에 머물면서 매일 아침 공항철도를 타고 서울 도심에 나갔다가 저녁에 다시 돌아오곤 했다. 아버지는 우리 집이 숙박비가 싸서 차비와 시간을 고려하더라도 서울 한복판에 있는 게스트하우스보다 나아서 그런 모양이라고 했다. 내 생각은 좀 달랐다. 그 사람은 우리 집이 마음에 들었던 거 같다.

하지만 그 호주 사람 같은 경우는 거의 없다. 무엇보다 오래 투숙하는 사람은 우리가 불편하다. 장기 투숙객들과는 낯을 익혀야 하고, 더 신경 써야 하고, 어쩔 수 없이 친해지기 때문이다. 투숙객과 친해진다는 것은 약간 '위험'한 측면이 있다. 아버지가 가장 경계하는 게 바로 투숙객과 친해지는 것이다.

아무튼.

그날 밤 안찡 일행은 나보다 늦게 잠든 것만은 틀림없다. 잠에 빠져들면서 어렴풋하게 웃음소리를 들은 것도 같다.

3

연락 왔어?

학교에서 오자마자 물었다. 대답 대신 엄마가 이랬다.

위에 올라가서 그 캐리어 좀 들고 내려와.

왜.

그 방 예약됐어. 다용도실에 넣어 두게.

버리고 간 건가.

내가 중얼거리면서 계단을 오르자 엄마 역시 중얼거렸다.

버릴 거면 왜 여기다 버리냐. 참 별일이 다 있네.

방문을 활짝 열고 들어갔다. 안찡이 쓰던 방은 방문과 창문이 마주 보고 있어서 뭔가 속 시원한 방이다.

청소는 말끔하게 되어 있었다. 내 방보다 더 깨끗했다. 내 방은 내가 내킬 때만 청소하지만 투숙객들 방은 아버지가 매일 청소한다. 청소와 홍보 담당은 아버지고, 나머지는 엄마가 거의 다 한다.

안찡이 두고 간 캐리어는 벽에 바싹 붙어 있었다. 손잡이를 뽑아 올리지 않고 그냥 들고 나왔다. 가방 크기에 비해 가뿐했다. 텅 빈 가방 같지는 않았다. 뭔가 들어 있기는 한 것 같았다. 무게 나가는 물건은 들어 있지 않은 것 같았다. 책이라거나 노트북 같은 게 들어 있는 가방은 절대 아니었다.

1층 다용도실 구석에 가방을 밀어 넣는 엄마를 향해 내가 속삭였다.

마당에 두는 게 좋을지도 몰라.

엄마가 나를 힐끗 보면서 되물었다.

이걸 왜 마당에 둬.

언니가 폭발물 들었을지 모른댔어.

뭐?

테러하려고 폭탄 설치해 둔 가방일 수도 있댔어.

우리 집에 무슨 원한이 있다고 테러를 해!

엄마가 들어선 안 될 말을 들은 것처럼 벌컥 화를 냈다.

내가 아니라, 언니가 그랬다니까!

쓸데없는 공상 하지 말고 얼른 올라가 네 방 청소나 좀 해!

공연히 폭발물 이야기를 해서 엄마 화만 터트렸다.

안찡이 베이징행 비행기를 탄 날은 수요일이었다. 그날 나는 학교에 가지 않았다. 개교기념일이었다. 그날따라 아침 7시에 일어났다. 늦잠 지도 되는 날인데 일찍 깼다. 잠에서 깨긴 했지만 침대에 누워 뒤척거리고 있었다.

안찡 일행은 벌써 일어나서 움직이는 모양이었다. 창문 쪽으로 두런거리는 말소리가 올라왔다. 다른 방은 다 조용한데 안찡 일행이 쓰는 두 방에서만 말소리가 끊이지 않았다. 말소리가 이어지는 가운데 방문이 열리면서 계단 쪽으로 몰려 내려가는 소리가 와자했다. 조심한다고 하는 것 같은데 여섯 명이 한꺼번에 움직이는 소리는 어쩔 수 없었다.

조식 먹으러 내려가는 모양이었다. 우리 집은 1층에 식당이 있다. 조식은 투숙객들이 알아서 찾아 먹을 수 있도록 준비만 해 둔다. 투숙객들은 빵과 일회용 버터, 잼을 접시에 덜어 담고 커피를 내리거나 우유를 따르기만 하면 된다.

우리 집만의 특별한 조식 메뉴가 있다. 컵라면이다. 외국인들이 컵라면 맛을 알까 싶었는데 예상 외로 컵라면은 인기 있었다. 컵라면과 함께 먹도록 깍두기를 준비해 두었다. 엄마한테 들은 바에 의하면 그날 아침 안찡 일행은 컵라면에 깍두기를 엄청 먹었더라고 했다. 엄마가 버무린 깍두기는 매콤하고 시원하다. 컵라면에 칼칼한 깍두기 국물을 부어 먹는 비법을 안찡이 알았을라나.

조식을 마친 안찡 일행은 다시 2층으로 올라왔다. 얼마 후 다시 방문이 열리고 안찡 일행이 쏟아져 나오는 소리가 들렸다. 가방 끄는 소리, 장난치는 소리, 서로 말을 주고받으면서 계단을 내려가는 소리가 뒤엉킨 채 멀어져 갔다. 이윽고 1층 현관문 닫히는 소리와 함께 집 안이 조용해졌다.

가는 건가.

나는 침대에서 일어나 앉았다. 내 방 창은 마당 쪽으로 나 있어서 안찡 일행이 가는 모습을 내다볼 수 있었다.

안찡 일행이 마당을 빠져나가 빈터 쪽으로 가고 있었다. 아직 주택이 들어서지 않은 빈터 앞에서 도로 쪽으로 나섰다. 도로와 주택 단지 사이를 가르는 완충지 언덕 때문에 더 이상 보이지 않았지만 어디로 갈지는 가늠할 수 있었다. 건널목을 건너 공항철도역 쪽으로 갈 것이었다. 어딘가에서 시간을 보내다가 탑승 시간에 맞춰 공항으로 가겠지. 비행기만 타면 베이징은 금방이다.

나는 다시 드러누웠다. 누워서 창밖 하늘을 보면서 베이징 생각을 좀 했다. 베이징이라면 영화에서 본 적 있었다. 전에 언니와 둘이 〈마지막 황제〉라는 영화를 봤는데 그때 그 궁궐이 베이징에 있는 자금성이라고 했다. 그리고 또 뭐가 있지? 천안문 광장이 베이징에 있나. 내가 아는 베이징은 그 정도가 다였다. 불쑥 베이징에 가고 싶다는 생각이 들었다. 베이징에 간다 해도 안찡을 만날 일은 없겠지만 그래도 베이징이라는 데에 한번 가 보고 싶었다. 언젠가 꼭 가 봐야지. 난데없는 결심까지 했다.

하우 올드 이 유?

안찡이 말을 걸었을 때 자금성이나 천안문을 안다고 대답할 걸 그랬나? 하지만 그 말을 영어로 하려면 어떻게 하지? 중국말을 모르고 베이징 말은 더욱 모르니 영어로 해야 할 텐데. 내 영어 실력은 머릿속에서 정리를 한참 한 후에야 겨우 나오는 정도고. 순발력이 필요한 순간에는 더 꽉 막히고 만다. 안찡도 나와 다르지 않을 것이다. 하우 올드 아 유? 물을 때 어설픈 발음을 보면 그렇다.

베이징행 비행기는 오후 1시 넘어야 뜬다. 공항 근처에서 게스트하우스를 하자면 주요 도시로 출발하는 비행기의 탑승 시간 정도는 알아야 한다.

안찡 일행은 아침 일찍 나섰으니 탑승 시간까지 근처 여기저기를 둘러볼 것이다. 이 근처에 둘러볼 수 있는 곳은 가까운 해변 정도다. 배를 타고 근처 섬에 가 볼 수도 있겠지만, 그건 좀 무리일 것이다. 섬은 하루 일정은 잡아야 한다. 무엇보다 외국 여행자들은 공항 근처 섬에는 잘 안 간다. 자투리 시간이 있으면 쇼핑하는 걸 더 좋아하는 것 같다.

아무튼 베이징으로 가는 비행기가 오후부터 있으니 적어도 다섯 시간은 돌아다녀야 할 것이다. 그런데 그동안 가방을 두고 갔다는 것을 몰랐을까. 아니면 다시 돌아와서 가져가려고 했는데, 잊어버린 건가? 잊고 갔다면 비행기를 타기 전에는 알아차려야 하는 거 아닌가. 그렇다면 전화가 왔거나 가지러 왔을 것이다. 그게 아니라면 버스 정류장이나 철도 안에서 잃어버렸다고 생각한 건가. 그래서 포기한 걸까?

4

안찡이 두고 간 캐리어는 보통 크기였다. 여행 일정이 일주일이라 했으니 적당한 크기였다.

대륙 스타일치고는 작네.

언니가 말했다.

언니는 중국 여행객들에 대해 몇 가지 편견을 가지고 있다. 그중 한 가지가 중국 여행자들은 다른 나라 여행자에 비해 커다란 캐리어를 끌고 다닌다는 것이다. 이삼 일 일정에 2주 치는 됨 직할 캐리어를 끌거나 일주일 일정에 한 달짜리 캐리어를 끈다고 생각한다. 그런 걸 대륙 기질이라고 여긴다.

안찡의 캐리어에는 항공사 수화물 영수증이 붙어 있었다. 베이징에서 올 때 붙인 스티커 영수증이었다. 캐리어는 분명 베이 징에서 올 때 가지고 온 게 틀림없다. 이곳에 와서 새로 산 건 아니라는 말이다.

캐리어에 항공사 영수증 외에 다른 건 없었다. 이름표라거나, 잠금장치에 매달아 둔 인형이라거나. 자기 물건이라고 특별히 해 둔 어떤 표시도 없었다. 지퍼 고리와 자물쇠도 풀려 있었다. 지퍼를 살짝 밀어 보았다. 쉽게 밀렸다. 비밀번호도 설정해 놓지 않은 걸 보면 중요한 물건은 없다는 뜻일까? 내가 묻자 언니가 잠시 생각하는 눈치더니 이랬다.

이거, 진짜 버린 가방일 수도 있겠는데.

버린 거라면 쓰레기가 잔뜩 들어 있을지도 몰랐다.

아무래도 열어 봐야겠다.

남의 가방을 열어 봤다가 나중에 문제 생기면 어쩌려고.

문제 안 생기게 살짝 열어 봐야지. 그리고, 안 열어 봤다간 더 큰 문제가 생길 수도 있어.

언니 말이 무슨 뜻인지 감을 잡을 수 없었다. 입을 닫고 언니를 바라보자 언니가 약간 진저리 치듯이 말했다.

시체가 들어 있을 수도 있다고!

나는 놀라지 않은 척 짐짓 태연하게 답했다.

그런 가방은 아니야. 시체가 들어 있다면 무게가 달랐을 거야.

들어 봐서는 모른다. 만약 시체가 있다면…… 동물이라거나…….
아무튼 확인하고 신고해야 할 거면 빨리 신고해야지. 뭐가 들었는
지도 모르는데 집에 두는 게 더 위험해!

절대 시체가 들어 있을 리는 없었다. 기껏해야 인형 같은 게 들
어 있을 수는 있어도 시체라니. 하지만 꽉 닫혀 있는 캐리어 안에
뭐가 들어 있을지는 모르는 일이었다. 내가 알렸다.

그럼. 엄마나 아버지하고 같이 열어 봐.

언니가 벌써 지퍼 고리를 잡고 말했다.

일단 열어 보고 문제 있으면 부르자.

언니가 지퍼를 돌리기 시작했다. 공연히 침이 꼴딱 넘어갔다.

주우욱.

언니가 단숨에 지퍼를 빙 돌렸다. 그리고 숨을 한 번 크게 쉬
고 뚜껑을 들어 올렸다.

거봐, 시체 같은 건 없지.

가방 속을 내려다보면서 내가 중얼거렸다.

웬 옷이 이렇게 많아. 일주일 일정이라던데.

시체 없는 건 다행이라는 듯 언니도 중얼거렸다. 하지만 옷이
많은 건 좀 의아했다. 일주일 치가 아니라, 한 달 치라 해도 될 정
도로 많은 옷이 가방 안에 꽉 들어차 있었다.

옷 쇼핑하러 왔었나?

언니가 또 중얼거렸다. 나도 중얼거렸다.

베이징엔 옷 살 데가 없나?

여기서 사 가는 게 더 좋다고 생각하는 모양이지.

그럼 우리가 베이징 가면 뭘 사 와야 하지?

넌 여행을 물건 사러 가는 건 줄 아냐?

그건 아니었다. 하지만 여행 가면 뭐라도 사 와야 한다고 생각하는 건 맞다. 언니는 입으로는 나와 말하면서 손으로는 가방 속을 샅샅이 뒤지는 것 같았다. 숨겨 둔 뭘 찾기라도 하는 것처럼. 한참 동안 옷 사이사이는 물론이고 모서리와 뚜껑 속주머니까지 뒤적거리던 언니가 갑자기 단호하게 말했다.

덮어.

왜.

뭔가 으스스하다.

언니 목소리가 농담만은 아닌 것 같았다. 남의 가방을 뒤적거렸으니 기분 좋을 리 없었다. 내 등골도 으스스해지는 것 같았다. 나는 재빨리 지퍼를 다시 돌려 잠그고 가방을 벽에 바짝 붙여 세웠다. 언니가 일어서면서 한시름 놓았다는 듯 말했다.

다행이다.

뭐가 다행이야?

난 또 마약이라도 숨겨 둔 줄 알았네.

마약?

쉿. 언니가 손가락을 흔들었다. 나는 입을 다물었다. 잠깐 숨죽이고 있던 언니가 입을 열었다.

여행객들 이용하는 마약상도 있다니까. 혹시나…… 뭔가 문제가 생겨서 가방을 버리고 갔나 싶었지.

마약상?

무기상도 있고.

총 말하는 거야?

그렇다니까.

가방 안에 그런 건 없는 거 맞지?

일단 그래 보여. 신고할 필요는 없을 거 같네.

이번엔 내가 참았던 숨을 푹 내쉬면서 한마디했다.

진짜 다행이다.

왜.

언니한테 대답은 하지 않았지만 기분이 좀 그랬다. 언니들 따라 여행 온 열일곱 살짜리가 마약이라거나 총기 운반 같은 일에 연루되어 있다면 너무 실망할 것 같았다. 그래서 다행이라는 거였다.

다용도실에서 나와 계단을 올라가는 도중에 언니가 속삭였다.

저 가방, 아무래도 버리고 간 거 맞다.

저렇게 새 옷이 많은데?

본인한테는 지겨운 옷일 수도 있지 뭐.

지겹다고 옷을 버려?

너는 옷이 찢어져서 버리니?

하긴 그랬다. 나만 해도 옷은 지겨워지면 버리는 거였다. 나한
테 지겨워졌다는 건 더 이상 입고 다니기 쑥스러워졌다는 뜻이
다. 유행이 지났다거나, 너무 여러 번 입고 다녔다거나, 오랫동안
옷장만 차지한다거나, 그런 이유로.

5

안찡 일행이 가는 날 아침에 창으로 내려다보았는데 그땐 왜
알아차리지 못했을까. 안찡만 캐리어를 끌지 않았는데 왜 눈치
채지 못했을까. 언니한테 물었다.

안찡하고 함께 왔던 사람들도 몰랐을까?

뭘.

안찡이 가방을 두고 간 거 말이야. 다들 캐리어를 끄는데 안찡
혼자 빈손이었잖아. 그런데 정말 아무도 몰랐다는 게 말이 돼?

어쩌면…….

왜.

작정했을지도 몰라. 캐리어를 버리기로 함께 모의했을지도
모르고. 그래서 찾으러 오지 않은 것일 수도 있어. 아무리 둔해
도 공항에서는 누군가 알아차렸어야 하잖아? 그런데 그냥 가 버
린 거 보면.

만약, 베이징에 가서 알았다면 귀찮아서 포기했을 수도 있어.
너무 성가시잖아. 귀중품도 아닌데 다시 찾으려면 여기저기 연락
해야 하고. 생각만 해도 귀찮네.

언니는 내 말을 듣는 둥 마는 둥 생각에 잠겨 있더니 불쑥 이
랬다.

뭔가 이상하긴 해. 가방도 그렇고 안에 들어 있는 물건들도 버
리기엔 너무 새 옷들이잖아.

버릴 이유가 없다는 거야?

그래. 그런데 버렸으니…… 우리가 모르는 사정이 있는지도 모
르지. 그런데 말이야. 그 캐리어…… 안찡인가 하는 애 거 맞어?

끌고 들어오는 거 내가 봤어.

그래?

응.

나도 갈 때 봤는데. 그 캐리어랑 똑같은 거 끌고 나가는 사람
있었어.

누구?

머리칼 노란색으로 염색했던 사람 같은데…… 여기 두고 간 캐리어랑 같았어. 분홍색에…….

알아. 처음 올 때 나도 봤어. 비슷한데 똑같지는 않아. 분홍색이고 같은 모양이긴 한데 그건 테두리가 까만색이야.

분명해?

그리고 크기도 좀 달라.

확실해?

언니가 확인하듯이 다시 물었다. 그렇다니까! 답해 놓고 나서 생각해 보니 좀 헷갈리긴 했다. 안찡 일행이 제각각 끌고 왔던 캐리어들이 전부 비슷했던 것 같기도 했다. 하지만 다용도실에 있는 저 분홍색 캐리어는 안찡의 물건이 맞았다. 안찡이 끌고 들어오는 걸 내가 분명히 봤다.

하기야, 저 캐리어가 안찡의 것이든 아니든 그런 건 사실 별로 중요하지 않은 것 같았다. 안찡이 가방을 버리려고 작정을 했건, 나중에 잃어버린 것을 알았건 그것도 별로 중요하지 않은 것 같았다.

안찡이 저 캐리어를 찾지 않는다는 게 중요한 것 같았다. 깜빡 잊고 두고 간 쪽이라고 해도 찾지 않는다는 건 결국 버렸다는 거니까.

아버지와 엄마는 안찡의 가방을 경찰에 신고까지 할 필요는 없다고 했다. 엄마와 아버지도 안찡의 가방을 살펴봤는데 위험한 일에 연루된 낌새는 없더라고 했다. 하지만 당분간은 보관하고 있어야 한다고 했다. 당장은 아니더라도 나중에 찾으러 올지도 모른다고도 했다. 몇 개월 후에라도 찾으러 올지 모르고, 직접 오지 않는다 하더라도 아는 사람을 통해서 찾으러 올 수도 있다고 했다.

그럼 언제까지 보관해요?

일 년은 보관해야 하지 않을까 싶네.

일 년이 지나도 찾지 않으면요?

일 년 뒤에도 아무 연락이 없으면 경찰에 신고하든지, 그 일은 그때 가서 생각하자.

아버지한테 내가 물었다.

캐리어를 경찰에 넘기면 그다음엔 어떻게 돼요?

아마 창고에 처박혀 있다가 보관 기일이 지나면 경매에 넘기려나? 아니면 소각하려나?

불태워 버린다구요?

그렇지 않을까? 뭐, 귀중품은 빼겠지만. 가방 안에 귀중품은 없어 보이던데.

본인한테는 귀중한 물건일 수도 있잖아요.

귀중한 거면 여태 아무 소식이 없을라고.

하긴 그랬다. 귀중한 뭔가가 가방 안에 들어 있다면 어떤 경로를 통해서건 벌써 연락이 왔을 것이다.

안찡의 가방 문제는 일단 그렇게 정리되었다.

하지만 나는 안찡의 가방 문제를 정리하지 못하고 있었다. 저 가방의 운명 때문이라거나, 안찡이라는 아이가 궁금해서가 아니었다. 안찡이 정말 저 가방을 버린 게 맞다면, 왜 버리기로 했는지 그 이유가 궁금했다. 낡은 백팩도 아니고, 끈 떨어진 슬리퍼도 아니고, 새 옷이 가득 들어 있는 멀쩡한 캐리어를 버리려고 마음먹었을 때는 무슨 이유가 있어야 할 거 아닌가. 바로 그 이유가 궁금했던 것이다.

6

어느 일요일 늦은 오후였다. 언니와 둘이 자전거를 끌고 나왔다. 동네를 한 바퀴 빙 돌아 새로 조성된 신도시까지 갔다 오기로 정했다. 돌아올 때는 숲으로 난 산책로로 들어섰다. 바다로 통하는 구름다리가 있는 곳에서 언니가 자전거를 세웠다. 언니와 나는 자전거를 끌고 구름다리를 건넜다. 구름다리 끝은 바다로 내려가는 계단이었다. 우리는 바다까지 내려가지는 않았다. 다리 끝에 서서 공항 쪽을 바라보았다. 멀리 비행기 한 대가 날아오르고 있었다.

그 캐리어 말이야.

내가 말을 꺼냈다. 언니는 내 말을 듣는 둥 마는 둥 했다. 그러거나 말거나 나는 또 물었다.

왜 버리기로 했을까.

비스듬히 기울어진 자전거를 바로 세우면서 언니가 말했다.

찾겠다고 나서면 시간이나 비용이 얼마나 많이 들 거야. 차라리 버리는 게 낫다고 생각한 모양이지. 나 같아도 그러겠다.

언니 대답이 성에 차지 않았다. 내가 입을 다물고 있자 언니가 말을 이었다.

어쩌면…… 여기서 샀는데 알고 보니 중국제라서 기분 나빴을 수도 있고. 그래서 버린 걸 수도 있지.

기분 좋았을 수도 있을걸? 자기네 나라 물건을 여행지에서 샀으니까.

여행지에서 사는 물건은 자기가 사는 곳에서는 쉽게 살 수 없어야 기분 좋지.

언니가 자전거를 돌리면서 말했다. 나도 자전거를 돌려세웠다.

가자.

언니가 앞서고 내가 뒤를 따랐다.

구름다리 중간쯤 지날 때 내가 물었다.

가방 안에 들어 있는 옷들 아깝지 않았을까?

언니가 잠깐 생각하는 눈치더니 이렇게 말했다.

그런 건 베이징에서도 얼마든지 살 수 있어. 베이징뿐 아니라, 세계 어디서든 살 수 있는 것들이야.

그렇다 해도 가방 통째로 버릴 건 없잖아.

버릴 것 까진 없지.

그렇지?

응.

그런데 왜 버렸지?

내가 보채듯이 물었다.

구름다리를 건너와 산책로에 접어들어서도 언니는 자전거 위로 올라타지 않았다. 나 역시 자전거를 끌고 언니와 간격을 맞추면서 걸었다. 한참 걷다가 언니가 불쑥 물었다.

전에 우리 모로코에 갔을 때 기억나니?

탕헤르?

그래.

당연히 기억난다. 탕헤르는 엄마와 아버지 그리고 언니와 나 넷이서 함께 여행하면서 들렀던 도시였다. 그때 우리는 거의 한 달간 여러 도시를 여행했는데 아버지는 모로코를 특별한 곳이라고 했다. 그곳이 현생 인류가 살았던 정주지가 있기 때문이라고 했다.

호모 사피엔스 사피엔스.

그래, 현생 인류의 조상. 최초의 우리가 모여 살았던 흔적이 거기서 발견되었다고 했잖아.

그런데 그게 왜?

그때 탕헤르 숙소 근처에 있던 맥도날드에서 햄버거 먹었던 거 생각나?

응.

어떤 기분이었어?

그건 왜?

묻고 나서 몇 걸음 걷다가 다시 물었다.

언니는 어땠는데?

나는 그때 갑갑했어.

갑갑하다니. 뭐가.

모로코, 탕헤르, 거긴 좀 다를 거라는 기대를 했어. 더 정확히 말하면 다른 뭔가를 만나기 위해 여행한다고 생각했고 탕헤르는 더 다를 거라고 생각했지. 그런데 그런 곳에서 맥도날드를 만난 거야. 사실 탕헤르뿐 아니라, 우리가 갔던 모든 도시가 똑같았지.

그때는 맥도날드가 반갑다고 했었잖아.

그래, 그랬었지. 그때는. 그랬는데 시간이 지날수록 답답한 거야. 숨이 막힐 것 같다고 해야 하나.

왜?

갇혀 있는 기분이랄까. 조롱당하는 기분이랄까. 이 세상에 낯
선 곳은 아무 데도 없고, 어딜 가든 만날 수 있는 똑같은 햄버거
가게라니. 뭔가 굉장한 힘이 모든 장소를 똑같이 만들어 버리는
것 같았어. 장소뿐 아니라, 사람들도 마찬가지로.

그래서 갑갑했어?

지금 생각해 보니 갑갑하다기보다, 실망했던 것 같아. 어쩌면
안쩡 그 애도 그런 걸 느낀 거 아닐까? 여행지에 와서 뭔가 잔뜩
샀는데, 실은 자기네 동네에서도 살 수 있는 것들을 잔뜩 사 들고
돌아가려니 답답했던 건지도 모르지.

그래서 가방을 버렸다고 생각하는 거야?

모르지. 이건 그냥 내 생각일 뿐이야.

몇 걸음 더 걸어 나가다가 언니가 물었다.

참 너 거기서 사 온 팔찌 어쨌어?

언니가 말한 팔찌는 기념품이나 마찬가지였다.

어디 있을걸? 그건 왜.

내일 나 좀 빌려 줘.

안 돼!

왜?

어디 됐는지 몰라.

하여간 너는 물건 간수를 너무 못해서 큰일이야.

언니가 말은 그렇게 했지만 별 실망은 하지 않는 것 같았다. 언니가 자전거 위에 올라앉으면서 외치듯 말한 걸 보면 알 수 있었다.

달려 볼까?

그날 밤 침대에 누워 창밖을 내다보던 나는 일어나 책상 앞에 가 섰다. 책상 위에 있던 폰을 집어 들었다. 그리고 '안찡'을 검색했다. 그 이름은 '고요하다'는 뜻이었다. 고요하다. 고요하다. 나는 혼자 속삭이면서 폰을 닫고 다시 침대 쪽으로 갔다. 불현듯 뒤돌아서서 책상 앞으로 다가간 나는 두 번째 서랍을 열고 뒤적거리기 시작했다. 그 팔찌를 못 본 지 한참 되었다. 서랍 속에 팔찌가 없었으면 하고 바랐다. 나도 모르는 사이에 잃어버렸으면 좋겠다고 생각했다.

사실 나는 그 팔찌가 마음에 들지 않았다. 살 때는 마음에 들어서 산 거였는데 여행에서 돌아와 보니 김이 빠져 버린 것처럼 시시해 보였다. 그래서 이것저것 모아 두는 서랍 속에 던져 넣었던 것이다. 그리고 잊고 있었다.

팔찌는 서랍 속에 있었다. 파란색, 분홍색 돌들이 촘촘히 박힌 팔찌를 들어 올렸다. 길게 늘어뜨린 팔찌를 잠시 들여다보다가 손아귀에 모아 쥐고 쓰레기통에 던져 넣었다. 차르륵. 팔찌가 쓰레기통 속으로 떨어져 내렸다.

그 순간의 기분을 어떻게 설명하나. 나는 뭔가 가뿐한 기분이 되어 침대 위에 뛰어올랐다. 잠시 뒹굴다가 가만히 누워 천장을 보면서 생각했다. 안쩡은 가방을 찾으러 오지 않을 것이다. 그렇게 생각하는 나는 조금 전의 나와는 다른 나 같았다.

여행을 통해 많은 것을 알게 되는 건 분명합니다. 이 단편에서는 여행
지의 다양한 모습에 대해 생각해 보았습니다. 내가 가 본 이름난 여행
지들은 생각만큼 낯설지 않았습니다. 여행지를 낯설지 않게 하는 건
내가 사는 도시에도 있는 이런저런 상품들을 여행지에서도 볼 수 있
다는 것이 아닐까 생각해 봅니다. 그건 여행지를 안전하고 편리하게
하는 측면이 있습니다. 하지만 나는 그런 모습에 실망하는 여행자에
속합니다. 이곳에서도 맛볼 수 있는 햄버거를 그곳에서도 맛볼 수 있
다는 건 세계가 좁아지고 납작해지고 있는 거지요. 그건 이 세상에서
다양한 인생이 점차 사라지고 있다는 걸 테지요. 이 작품에서는 사라
지고 있는 다양함에 대해 실망하는 인물을 이야기해 보려고 했어요.
여러분의 여행지는 어땠나요?

저주가
풀리던 날

박현숙

2006년 대전일보 신춘문예로 등단해 제1회 살림어린이문학상 대상을 받았다.

그동안 낸 책으로 동화 『수상한 아파트』『국경을 넘는 아이들』『아미동 아이들』『닭 다섯 마리가 필요한 가족』『어느 날 목욕탕에서』『몸짱이 뭐라고』 등과 청소년소설 『금연학교』『해리 미용실의 네버엔딩 스토리』『Mr. 박을 찾아주세요』가 있다.

"그게 무슨 말씀이세요? 어렵겠다니요."

일숙 씨는 미간을 찡그리며 의사를 빤히 바라봤다.

"죽는다는 말인가요?"

"그게 아니라……."

단도직입적으로 들어오는 일숙 씨 때문에 의사가 도리어 흠칫 놀랐다.

"그렇다기보다는……."

허공을 헤매던 의사의 눈은 일숙 씨 이마를 향했다. 의사는 목젖이 불룩해지게 침을 꿀꺽 삼켰다.

"아무래도 수술이 백 프로는 어렵겠다는 말씀이지요."

"그 말이 그 말 아닌가요? 지금 현재로는 수술 외에 다른 어떤 방법도 없다고 했잖아요. 그런데 수술이 어렵다면 죽는다는 말과 뭐가 달라요?"

이거 아니면 저거, 삶 아니면 죽음, 뭐든 저울 양쪽에 올려놓고 보는 일숙 씨답다.

"간이식 기증자 몸 상태가 많이 좋지 않아서요. 다시 검사를 했으니 결과가 나와 봐야 확실한 거를 알 수 있지만 다른 기증자를 찾아야 하지 않을까, 그런 걱정이 든다 이 말씀이지요."

힘들게 말한 의사는 서둘러 몸을 돌려 복도를 걸어갔다. 무언가 무겁고 둔탁한 것으로 한 대 얻어맞은 거처럼 어지러웠다. 구역질도 올라왔다. 힘들게 찾았던 기증자였다. 곧 수술을 할 수 있다고 믿었고 아빠는 그날만을 기다리고 있었다. 수없이 응급실과 집을 오가면서도 그날이 올 거라고 믿었기 때문에 아빠는 웃을 수 있었고 버틸 수 있었다.

뭔가 울컥하고 올라왔다. 그 울컥함은 일숙 씨를 향한 미움이 되어 말로 튀어나왔다.

"잘되었네."

나는 일숙 씨를 쏘아봤다. 지금 눈앞에 닥친 모든 일들이 일숙 씨 탓인 거 같았다.

"무슨 말이야?"

일숙 씨는 황당하다는 표정으로 나를 쳐다보았다.

"이제는 멀리서 병원 건물만 봐도 토 나온다며? 그래서 은근히 아빠가 잘못되기를 바랐던 거 아니야? 잘됐지 뭐야, 이제 병원에 오지 않아도 되니까."

"너는 무슨 말을 그 따위로 하니?"

일숙 씨는 그렇지 않아도 큰 눈을 있는 대로 부릅뜨고 나를 노려봤다.

"내가 뭐 틀린 말 했어?"

"나쁜 년. 나도 너 못지않게 속상해."

일숙 씨는 혼잣말처럼 중얼거리며 돌아섰다. 몇 걸음 걸어가던 일숙 씨가 뒤돌아봤다.

"은행에 좀 갔다 와야 하니까 아빠 옆에 가 있어. 두 시간 정도 걸릴 거야."

늘씬하고 탄탄해 보이는 일숙 씨의 뒷모습이 오늘따라 생전 처음 본 듯 낯설었다. 아빠가 없으면 나와 일숙 씨는 아무런 관계도 없는 사이가 되는 거다. 일숙 씨와 나는 아빠라는 사람을 중간에 놓고 나서야 관계가 성립되는 그런 사이다.

나는 겨우 마음을 진정시키고 찬물을 연거푸 두 컵 들이켜고 나서야 아빠에게로 갔다. 아빠는 세 개의 링거를 꽂은 채 멍하니 천장을 바라보고 있었다. 한덩치했던 아빠의 모습은 이미 오래전에 사라졌다. 얼마 전까지만 해도 그런대로 봐 줄 수 있을 정도의 얼굴이었는데 지금은 그야말로 뼈에 가죽만 붙여 놓은 거 같았다.

"일숙이는?"

아빠가 물었다.

"은행."

"채민이 밥은 먹었어?"

먹었어, 뭐 먹었어? 라면, 라면 먹으면 돼? 밥을 먹어야지, 아빠는 길지 않은 말을 하면서도 숨을 계속 몰아쉬었다.

"아빠, 말하지 마."

"그래."

아빠는 말을 멈췄다. 입술이 하얗게 일어났다. 입술이 하얗게 변한 만큼 얼굴색은 한층 더 검어졌다. 나는 물을 마시고 오겠다면서 자리에서 일어났다.

드르르륵 드르르륵.

정수기 앞에 섰을 때 휴대전화가 울렸다. 할머니였다.

"아빠는 좀 어떠니?"

"그냥. 그런데……."

"채민아. 지금 일숙이 옆에 있니?"

의사에게 들었던 말을 할까 말까 망설이고 있는데 할머니가 다시 물었다. 비밀 이야기를 하듯 목소리를 낮춰 속삭이듯 말이다.

"은행 갔어요. 두 시간 정도 있다 온다고 했어요. 할 말이 있으면 직접 휴대폰으로 하세요."

"그게 아니고. 마침 잘되었다. 채민아. 네 엄마한테서 연락이 왔다. 어디서 들었는지 네 아빠가 아픈 거를 알고 있더라. 네 아빠 얼굴을 한번 보고 싶어 해. 너도 보고 싶다고 하고. 그래서 내가 병원을 알려 주었다. 일숙이가 없으면 지금 당장 가라고 하마."

엄마, 엄마라니. 나는 내 귀를 의심했다.

"2년 동안 병수발하고 있는 일숙이를 생각하면 이래서는 안 되겠다는 생각도 들지만 왠지 네 아빠를 보게 해야겠다는 생각이 드는구나. 네 아빠도 엄마를 보고 나면 기운이 나서 수술받는 날까지 잘 기다릴 수 있고 수술도 잘 받을 수 있을 거라는 생각도 들고 말이다. 에이그. 사람이 물러 터져 갖고 독하지 못한 게 탈이었지. 물에 물 탄 듯 술에 술 탄 듯 그런 성격인 게 탈이었다고. 아무튼 엄마가 가면 반갑게 맞아 줘라."

할머니는 한숨을 쉬며 전화를 끊었다.

나는 응급실 밖으로 나와 벤치에 앉았다. 하늘은 회색으로 짙게 내려앉아 있었다. 금방이라도 비가 쏟아질 거 같았다.

언제부터인가 아빠는 그랬다.

인생 뭐 있냐, 도 아니면 모. 고추장 없으면 된장, 된장도 없으면 간장에 비벼도 비빔밥이라고 부른다, 꼭 고추장에 비벼야 비빔밥이냐. 사람 사는 모양이라는 것이 애쓰고 닦달하고 숨통 부여잡고 애걸복걸한다고 해서 뜻하는 대로 되는 것이 아니라고. 그저 물 흐르는 대로, 저 가고 싶은 대로 가게 두는 것이 가장 현명한 인생살이라고 했다.

아빠의 프랑스 유학 시간이 영 아까워지는 인생관이다. 하긴 아빠 직업에 비하면 프로필에 걸맞은 인생관 운운이 우습긴 하다.

아빠는 지금 페인트공이다. 할머니 말에 의하면 그림에 미쳤던 사람. 그림을 그릴 때면 몇 날 며칠 밤도 지새울 만큼 뜨거웠던 사람, 아빠는 그런 사람이었다. 그런 사람이 처음부터 될 대로 되라는 인생관의 주인공일 리는 없었다.

나는 한 살 두 살 나이가 들면서 그것이 어쩌면 일숙 씨 탓이라는 생각이 들곤 했다.

아빠는 유학 시절에 엄마를 만났고 나를 낳았다. 그러면서도 아빠와 엄마는 그림을 꾸준히 그렸다.

나는 지금도 여덟 살 때 떠나온 프랑스를 가물가물, 기억하고 있다. 늙은 고양이 에스텔! 에스텔은 라틴어로 별이다. 아침이면 겨드랑이 꾹꾹이 한 판으로 나를 깨웠던 에스텔. 나는 별을 볼 때마다 에스텔을 떠올렸다.

또 파키스탄에서 온 수딸사나. 수딸사나는 프랑스가 싫다고 했다. 왜 그랬는지 그건 잘 모르겠다. 아무튼 나는 수딸사나와 꽤 친하게 지냈는데 수딸사나 집에 놀러 가면 항상 카레을 먹었다. 지금도 수딸사나를 떠올리면 카레 냄새가 코끝을 맴돈다.

어느 날부터인가 엄마가 그림 그리는 걸 그만두고 마트에서 아르바이트를 시작했다. 무슨 이유인지 모르겠지만 아빠와 엄마는 엄청나게 크게 다퉜고 아빠는 혼자 한국으로 돌아갔다. 그리고 1년 뒤 나도 한국으로 왔다. 엄마와 에스텔은 프랑스에 그대로 남았다. 나는 곧 엄마와 에스텔도 한국으로 올 거라고, 틀림없이 다시 만날 거라고 굳게 믿었었다. 하지만 아빠가 살고 있는 집에는 일숙 씨가 있었다. 눈이 얼마나 큰지 얼굴의 반을 차지하는 일숙 씨. 귀밑에 아직도 보송보송한 솜털이 채 가시지 않았던 일숙 씨는 고작 스무 살, 나와 열두 살 차이였다.

나와 일숙 씨의 어설프고도 불편한 동거는 그렇게 시작되었다. 그리고 벌써 8년째 같이 살고 있지만 지금까지도 나는 일숙 씨를 부르는 마땅한 호칭을 찾지 못하고 있다. '저기!' '있잖아!' 나는 일숙 씨를 이렇게 불렀다.

아빠는 나에게 뭐든 하고 싶은 대로 편하게 하라고 했다. 내가 한국 학교에 처음 가던 날에는 이렇게 말했다..

"안채민, 공부 못해도 상관없어. 그러니까 스트레스받지 말고 되는대로 해."

되는대로! 아빠의 그런 태도 덕분에 나는 보통 아이들과는 전혀 다른 생활을 할 수 있었다. 아빠는 내 성적에 이렇다 저렇다 토를 달지 않았다. 어떤 성적을 받아도 '으응, 그래', '아아 그래' 이게 다였다. 이청주는 그런 나를 말도 못하게 부러워했다.

"안채민. 네가 바로 천국의 공주다."

이러면서 말이다.

아빠는 공부 외에 내 생활에도 크게 관여하지 않았다. 언젠가는 교복 치마를 심하다 싶을 정도로 확 줄여 입었다. 담임에게 불려 나갔을 때 나는 세탁소 아줌마의 실수라고 했다. 귀가 어떻게 되었는지 내 말을 제대로 알아듣지 못해 아줌마 멋대로 줄여 놨다고 말이다. 물론 새빨간 거짓말이다.

"너는 학교에 오면 선생님이라는 사람이 있는 거조차 까맣게 잊어버리는 아이인 거 같구나. 적어도 선생님한테 이런 모습을 어떻게 보이나, 요 정도는 고민하고 일을 저질러야 하지 않겠니."

내 거짓말을 곧이곧대로 들을 만큼 담임은 순진하지 않았다. 담임은 터져 나오려는 엉덩이를 겨우 부여잡고 있는 내 치마를 보며 한숨을 쉬었다. 그러더니 집에 전화를 해서 뽀르르 일러바치는 유치한 행동을 했다. 담임은 내가 새로 교복 치마를 사서 입고 오는 발칙한 상상을 했던 모양이다. 그러나 아빠는 담임의 전화를 받고도 별 반응을 보이지 않았다. 내가 미안할 정도로 시큰 둥이었다. 다만 일숙 씨만 이랬다.

"야, 내가 보기에도 네 교복 치마는 너무 심해. 중학교 3학년

이 까져 갖고."

까지기로 치면 일숙 씨를 따라갈 사람이 이 지구상에 존재하기나 할까. 어설프고 불편한 동거를 몇 년 했을 때, 아마 6학년 가을이었을 거다. 나는 나에게 닥친 모든 일에 대해 어느 정도 알수 있었다. 일숙 씨는 고등학교 3학년 겨울방학에 프랑스에 왔고 아빠를 만났다. 못된 송아지 엉덩이에 뿔 난다고 고작 고등학교 3학년밖에 안 된 주제에 광장에서 그림을 그리고 있던 아빠에게 반했다. 아빠는 그걸 냉정하게 뿌리치지 못했다. 약을 먹고 죽어 버리겠다고 소동을 벌이는 일숙 씨, 일숙 씨의 부모님은 그런 딸을 어쩌지 못하고 엄마에게도 전화를 했다. 엄마는 아빠에게서 냉정히 돌아섰다.

"야, 너희 때는 평범한 게 최고야. 까져 봤자 인생 고달프기만 하다고."

일숙 씨는 한마디 더 했다.

"내 일은 내가 알아서 해."

나는 일숙 씨에게 대들었다.

일숙 씨는 모른다. 내가 얼마나 평범하고 싶은지. 나는 다른 열여섯 살의 여자아이들처럼 평범하고 싶었다. 평범하게 엄마 아빠와 살고 평범하게 웃고 평범하게 울고 싶었다. 그리고 남들처럼 평범하게 열두 살에서 열세 살 사이에 생리도 하고 싶었다. 하지만 나에게 평범함은 먼 별나라 이야기 같았다. 나는 아직 생리를 하지 않는다. 열여섯 살이나 먹었는데 말이다. 나는 가끔 내가 남자인지 여자인지 그것에 대해 심각하게 고민할 때가 있다. 요즘에는 병원에 가 봐야 하는 거는 아닌가 그런 생각에 잠을 설치기도 한다.

그래도 이청주가 생리를 하기 전까지는 위로가 되었다. 하지만 1학년 때 이청주까지 생리를 시작했다는 말을 들었을 때 나는 나의 평범하지 못함은 저주를 받은 거라고 생각했다. 엄마와 아빠가 헤어지던 날 일숙 씨가 몰고 온 저주가 나에게 시작되었던 거고 앞으로도 나에게 저주는 현재진행형이고 결코 그 저주에서 빠져나올 수 없다는 무시무시한 예감까지 들었다.

'그날 진짜 엄마가 보고 싶었는데.'

이청주가 생리를 시작했다고 말하던 날, 나는 밤새 엄마를 생각했었다. 엄마는 생리를 몇 살에 했느냐고 절실하게 묻고 싶었다.

벤치 위로 빗방울이 떨어졌다. 정신이 번쩍 들었다.

'일숙 씨가 일찍 오면 어쩌지?'

불안했다. 나는 일숙 씨에게 전화를 했다.

"아빠한테 무슨 일 있니?"

일숙 씨는 놀란 목소리였다.

"아니 그냥, 언제 오나 하고."

"아휴, 깜짝이야. 놀랐잖아. 두 시간 정도 걸린다고 했잖아. 지금 바빠."

일숙 씨는 전화를 뚝 끊어 버렸다. 아까 일숙 씨가 병원에서 나간 후로 이십 분이 흘렀다. 그러면 한 시간 사십 분이 남은 거다.

'아빠한테도 엄마가 온다고 말해야 하는 건가?'

나는 응급실로 들어갔다. 아빠는 반듯하게 누워 눈을 감고 있었다. 얼굴이 편안해 보여서 말을 걸 수가 없었다. 나는 도로 밖으로 나왔다. 비가 본격적으로 내리기 시작했다.

엄마는 에스텔도 데리고 왔을까. 너무 늙어서 데리고 오지 못했을까. 에스텔은 그때도 열 살이 넘었었다. 그렇다면 지금은 열여덟 살도 넘은 거다. 살아 있을까? 그럴 가능성은 적다. 가엾은 에스텔.

수딸사나는 아직 옆집에 살고 있을까. 수딸사나도 나처럼 이렇게 자랐겠지. 수딸사나는⋯⋯ 생리를 시작했을까? 뭐, 당연히 그렇겠지. 수딸사나가 평범한 아이라면. 엄마에게 수딸사나 소식도 들을 수 있을까. 가슴이 콩닥거리고 뛰기 시작했다.

다시 이십 분이 흘렀다. 빗방울은 굵어졌다. 이제 한 시간 이십 분 남았다.

엄마는 어떻게 변했을까. 딱 보면 한눈에 알아볼 수는 있을까. 나는 그럴 수 있을 거 같은데 엄마는 어떨까? 엄마와 헤어질 때 나는 여덟 살이었고 지금은 얼굴에 여드름이 송송 솟은 열여섯 살이 되었다. 아무래도 한눈에 알아보지는 못하겠지. 그러면 왠지 서운할 거 같았다.

나는 화장실로 달려갔다. 거울 앞에 서서 이마를 가린 머리카락을 쓸어 올렸다. 이마가 훤히 드러나자 어렸을 적 내 모습과 조금 더 닮아 있었다.

"왕여드름."

나는 머리카락에 가려져 있던 여드름을 힘껏 짰다.

"으악, 미치게 아프네."

온몸에 전율이 일 정도의 통증이었다. 노란 고름이 튀어나오고 난 다음 피를 한참 짜내고 세수를 했다.

화장실에서 나와 아빠에게 갔다. 아빠는 천장을 바라보고 있었다.

"일숙이는?"

"아직."

엄마가 온다는 말을 하고 싶었는데 아빠가 일숙 씨를 찾는 바람에 그 말이 쏙 들어갔다.

"그래."

아빠는 눈을 감았다.

'왜 이렇게 안 오지?'

지금쯤 와야 한 시간 정도 이야기를 나눌 수 있다. 시간이 지나면 지날수록 점점 더 불안해졌다. 나는 조용히 일어나서 밖으로 나와 할머니에게 전화를 했다.

"엄마 왔니?"

할머니는 전화를 받자마자 물었다.

"아직이요."

"아직? 여태 안 가고 뭐하고 있지? 일숙이 올 시간 다 되어 가는구먼."

내 말이.

"내가 전화해 보마."

할머니는 일 분 뒤에 전화해서 엄마가 곧 도착할 거라는 말을 전했다. 비가 세차게 내리기 시작했다. 완전 폭우였다.

엄마가 그동안 잘 지냈느냐고 물어보면 뭐라고 대답할까? 일단 잘 지냈다고 말해야 하겠지. 그런 다음 엄마는 어떻게 지냈느냐고 물어봐야겠지. 그 생각을 하는 순간 가슴이 뜨끔했다. 엄마는, 엄마는 지금 혼자 살고 있을까? 결혼을 하지는 않았을까. 만약 엄마가 결혼을 했다면 엄마와 마주 보는 것이 많이 어색할 거 같다. 그래, 어떻게 지냈느냐고 묻지는 말자. 그냥 '잘 지냈지?'라고만 묻자.

이제 사십 분 정도 남았다.

비바람이 치기 시작했다. 꼭 내 마음 같았다.

나는 응급실 복도에서 화장실로 그리고 다시 복도로, 응급실 안으로 왔다 갔다 했다. 똥 마려운 강아지처럼 말이다.

'이제 삼십 분 남았는데.'

지금 당장 엄마가 온다고 해도 삼십 분밖에 만나지 못하는 거다. 아니 안전을 위해서는 삼십 분을 꽉 채우지 말고 십 분 먼저 엄마를 가게 해야 한다. 평소에는 아까울 것도 없고 잡고 싶지도 않았던 그저 그런 시간이 오늘은 일 분 일 분 새롭게 느껴졌다.

그때였다. 간호사들이 앉아 있는 곳으로 다가가는 사람이 보였다. 나는 그 사람의 옆모습만 보고도 엄마라는 걸 단박에 알아봤다. 프랑스에서 헤어지던 그때보다 훨씬 마른 몸에 긴 머리는 온데간데없고 낯선 쇼트커트였지만 엄마의 옆모습은 그대로였다. 나는 천천히 그곳으로 다가갔다.

"안수민 씨가 어디 있지요?"

엄마는 아빠를 찾고 있었다. 눈앞에 빤히 보이는 침대에 아빠가 누워 있는데 말이다. 하긴 아빠를 못 알아보는 거는 당연하다. 아빠는 변해도 너무 많이 변했으니까.

"엄마"라고 부르려는 바로 그 순간이었다. 일숙 씨가 응급실 문 안으로 들어서고 있었다. 가슴이 덜컥 내려앉았다. 문 안으로 들어서던 일숙 씨는 뭔가 잊은 것이 있는지 도로 나갔다. 나는 너무 놀라서 화장실로 뛰어갔다.

"하, 하, 할머니."

나는 할머니에게 전화를 했다.

"엄마한테 전화해서 빨리 가라고 하세요. 일숙 씨가 왔어요."

휴대폰을 든 손이 덜덜 떨렸다. 엄마가 온 걸 알면 일숙 씨 성질에 가만있지 않을 거다.

잠시 뒤 나는 화장실에서 나오다 그만 심장이 멈추는 통증을 느끼며 걸음을 멈췄다. 할머니 전화를 받았는지 엄마는 문을 향해 걸어가고 있었고 문 앞에서 일숙 씨와 마주쳤다. 여러 가지 생각이 한꺼번에 머릿속에 떠올랐다. 일숙 씨가 엄마 얼굴을 알고 있을까? 엄마는 일숙 씨 얼굴을 알고 있을까?

엄마는 일숙 씨를 지나쳤다. 그런데 일숙 씨는 엄마를 뚫어져라 바라봤다. 일숙 씨는 엄마가 밖으로 나가 우산을 쓰고 빗속으로 사라져 보이지 않을 때까지 그 자리에서 움직이지 않고 엄마를 바라봤다.

엄마가 완전히 사라진 다음 일숙 씨는 쌩하니 찬바람을 일으키며 아빠에게 갔다. 가슴이 쿵! 하고 요란한 소리를 내며 무너졌다. 심각한 일이 발생할 거 같았다.

"만나니까 좋아?"

내 예감은 틀리지 않았다. 일숙 씨는 독이 가득한 목소리로 아빠에게 따졌다.

"뭔 말이야?"

아빠는 겨우 말했다.

"나한테 이러면 안 되는 거 아니야?"

아빠는 아무 영문도 모르고 미간을 찡그린 채 일숙 씨를 멍하니 바라보기만 했다.

"그 여자는 뭐하러 왔대? 나도 다 봤어. 시치미 떼도 소용없다고."

일숙 씨 목소리가 커지자 간호사가 다가와 무슨 말인가 했다. 여기는 응급실이니 제발 조용히 해 달라고 했겠지.

"채민이 엄마 말이야. 채민이 엄마가 왜 왔느냐고? 그것도 나 없는 시간에 맞춰 딱 나타난 이유가 뭐야?"

"채민이 엄마?"

아빠가 힘겹게 고개를 돌렸다. 조금 떨어져 있던 나는 아빠와 눈이 딱 마주치고 말았다. 아빠 눈동자는 분명 흔들리고 있었다. 아빠는 흔들리는 눈동자로 나에게 물었다.

'채민아, 정말 엄마가 왔었어?'

나는 눈동자로 대답했다.

'일숙 씨 말이 맞아.'

엄마를 보고도 엄마라고 불러 보기도 전에 엄마는 가 버렸다.

그래도 나는 엄마 옆모습이라도 보기는 했으니 덜 억울하다. 아빠는 엄마가 오는 것도 모르고 있다가 아닌 밤중에 홍두깨 식으로 당하고 있는 거다.

나는 응급실에서 나왔다. 일이 커지게 생겼다. 나는 할머니에게 전화를 해서 지금 벌어지고 있는 상황을 생중계하듯 전했다.

"참 나 원. 말이야 바른 말이지 일숙이인지 이숙이인지 그 애도 별걸 다 갖고 트집이다. 사람이 다 죽게 생겼는데, 큰 수술 앞두고 그 수술이 성공을 할지 어떨지도 모르는 이 상황에서 얼굴 한 번 보겠다고 간 게 무슨 큰 죄라고 사람을 잡아? 따지고 보면 이 사달 난 것도 다 일숙이 때문 아니냐? 저 하고 싶은 그림 공부하며 잘 살고 있던 네 아빠가 누구 때문에 그림 때려치우고 페인트 칠 하면서 그렇게 살고 있는데? 술이라고는 입에도 못 대던 사람이 누구 때문에 허구한 날 술 퍼마시고 병까지 얻게 되었는데?"

할머니는 통화를 하고 있는 사람이 나라는 것을 잊은 듯 따지고 들었다.

"아이고, 불쌍한 내 새끼."

그러더니 급기야 울음을 터뜨렸다. 나는 전화를 끊을 수도 그렇다고 통곡을 하는 할머니를 달랠 수도 없어 이러지도 저러지도 못하고 쩔쩔맸다. 나도 할머니를 따라 울고 싶었다.

한참 울고 난 할머니가 코를 팽 풀었다.

"그래서 채민이 너도 엄마랑 서로 못 봤던 거야?"

"저만 봤다니까요."

"그럼 엄마 하고 부르지 그랬어."

어떤 상황이었는지 여태 말했는데 할머니는 딴소리를 했다.

"일숙이가 뭐라고 하면 나한테 다 말해. 내가 가만있지 않을 테니, 알았지?"

할머니는 다짐을 주었다.

"아니다."

전화를 끊으려는데 할머니가 잡았다.

"그냥 말이다. 일숙이가 방방 뛰면 채민이 네가 일숙이 비위를 맞춰 줘라. 아빠 곧 수술도 해야 하는데 마음 편하게 해 주려면 그게 최고다. 알았지?"

할머니는 좀 전과는 다른 말을 했다.

응급실로 왔을 때 아빠는 새우처럼 옆으로 누워 있었고 일숙 씨는 보이지 않았다. 아빠에게 어디가 아프냐고 물어보려는 찰나 거대한 힘이 내 뒷덜미를 낚아챘다. 나는 거대한 힘을 어쩌지 못하고 질질 끌려갔다.

"안채민 너 정말 이러기야?"

일숙 씨였다.

"뭐가?"

나는 아무것도 모르는 척 퉁명스럽게 받아쳤다.

"뭐가아?"

일숙 씨는 나를 금방이라도 눈 안으로 빨아들일 거 같았다.

"너 여태 누가 해 주는 밥 먹고 살았니?"

맙소사! 유치하기가 하늘을 찌른다. 지금 이 상황에서 따지고 든다는 말이 고작 저런 말인가. 수준하고는.

"내가 해 주는 밥 먹고 살았지?"

대답할 가치도 없는 질문에는 입 다물고 있는 게 최고다.

"너, 초등학교 5학년 때 민지 가방에서 이천 원 슬쩍했던 거 기억나? 그 성질 더러운 민지 엄마한테 내가 머리 쥐어뜯겼던 거는? 무슨 그렇게 무식한 아줌마가 다 있냐? 내가 너 때문에 그런 끔찍한 일을 당했던 거 잊지는 않았지?"

하여간 쓸데없는 거는 잘도 기억한다. 나는 저 기억을 잊으려고 얼마나 애썼는데. 솔직히 돈이 탐나서 훔쳤던 거는 아니다. 민지가 미워서였다. 민지는 우리 반 짱이었다. 아이들은 민지 말이라면 뭐든 했다. 민지는 짱답게 자기를 따르는 아이들에게 맛있는 간식을 자주 샀다. 그날, 민지는 공연히 나를 괴롭혔고 민지 무리들도 덩달아 따라 했다. 한참 그러고 난 후 민지는 아이들에게 학교 마치면 떡볶이를 사겠다고 했다. 그다음 시간이 체육이었는데 모두들 운동장으로 나간 사이 나는 민지 가방에서 떡볶이

살 돈을 슬쩍했던 거다. 그리고 치밀하지 못했던 어설픈 도둑은 민지에게 꼬리를 잡히고 말았던 거다. 그날 저녁 민지 엄마는 우리 집으로 쳐들어왔다. 처음에 일숙 씨는 미안하다는 말과 함께 이천 원을 민지 엄마 손에 쥐어 주었다. 그런데 민지 엄마는 일숙 씨의 사과하는 태도가 마음에 들지 않는다고, 진정성이 전혀 엿보이지 않는 사과라며 화를 냈다. 성질 더러운 일숙 씨는 참지 못하고 진정성 있는 사과는 어떻게 생긴 거냐며 정면으로 민지 엄마와 붙었다. 민지 엄마 턱밑에 대고 한바탕 쏘아붙이는 일숙 씨를 민지 엄마는 그냥 넘어가 주지 않았다. 민지 엄마의 두툼한 손이 일숙 씨 머리채를 잡았던 거다. 야리야리한 일숙 씨는 우람한 민지 엄마를 이기지 못했다. 그날 일숙 씨는 머리숱의 반 정도가 빠지고 민지 엄마와 나란히 경찰서에도 다녀왔다. 잊을 수만 있다면 깡그리 잊고 싶은 기억이었다.

"그런데 의리도 없이."

일숙 씨가 원망의 눈초리로 쏘아봤다. 그렇다면 나는 뭐 할 말 없는 줄 아냐. 엘리베이터 사건을 설마 잊은 거는 아니겠지.

역시 5학년 때였다. 일요일 아침, 음식물 쓰레기를 버리러 나갔던 일숙 씨가 금세 얼굴이 파랗게 질려서 들어왔다.

"오빠, 어떻게 해, 어떻게 해. 빨리 좀 나와 봐."

일숙 씨는 방방 뛰며 소리쳤다. 하지만 막 화장실로 들어갔던 아빠는 아랫배를 부여잡고 문만 빼꼼 열 뿐 화장실에서 나오지 못했다. 변비로 고생하다 3일 만에 볼일을 보는 거라며 지금 끊으면 며칠 또 고생을 해야 한다고 무슨 일이지 모르지만 5분만 기다리라고 했다.

솔직히 일숙 씨가 방방 뛰어 봤자 여러 가지 경험으로 봐서 당장 숨넘어가는 큰일은 아니었다. 욱하는 성질인 일숙 씨였지만 겁은 많아서 개미만 봐도 호들갑이기 일쑤였다. 음식물 쓰레기를 버리러 갔으니까 음식물이 옷에 튀었거나 또는 음식물 쓰레기통에서 벌레를 봤거나, 그 정도라고 생각했다.

"어머, 어떻게 해. 다 탄다."

그때 마침 주방에서는 탄내와 함께 연기가 폴폴 나고 있었다. 일숙 씨는 슬리퍼를 신은 채 주방으로 뛰어 들어가며 외쳤다.

"채민아. 너라도 얼른 엘리베이터에 가 봐."

아무 생각 없이 엘리베이터로 간 나는 기절할 만큼 놀랐다. 엘리베이터 안에 누군가 엄청난 양의 토를 해 놓은 것이다. 사람의 토라고는 상상할 수도 없는, 엘리베이터 바닥 대부분을 차지한 양이었다. 나는 토사물 위에 내던져진 찢어진 비닐봉지를 보는 순간 그것이 토한 것이 아니라 일숙 씨가 들고 나갔던 음식물 쓰레기라는 것을 알 수 있었다. 뭘 어쩌지도 못하는 사이 엘리베이터는 움직였고 나는 음식물 쓰레기도 제대로 버리지 못하는 아이가 되었다. 동네 아줌마들과 경비 아저씨로부터 있는 대로 잔소리를 듣고 며칠 동안 모아서 버리느라고 반은 썩은 음식물 쓰레기를 맨손으로 거의 치웠을 때 일숙 씨는 고고한 모습으로 나타났다. 그러고는 사람들 앞에서 엄청나게 안타까운 표정을 지으며 '어머, 굳이 버리고 오겠다고 고집을 부리더니' 이러면서 혀를 찼다. 당장 일숙 씨의 짓이라고 말하고 싶었지만 5학년 아이였음에도 그 상황에서 솔직한 것은 바람직하지 못하다는 결론을 내리고 혼자 몽땅 뒤집어쓰고 말았다.

똥 냄새보다 지독한 음식물 쓰레기 냄새는 며칠 동안 엘리베이터 안을 점령했고 냄새가 없어질 때까지 나는 아줌마들의 눈총을 받아야 했다. 그날을 생각하면 지금도 손에서 냄새가 나는 거 같다. 5학년 아이에게 그러고 싶었을까. 의리를 국 말아 먹은 거는 일숙 씨다.

"엘리베이터 사건을 기억하겠지."

나는 콧방귀를 뀌며 일숙 씨를 바라봤다.

"엘리베이터 사건? 아하 그거."

일숙 씨는 별거 아니라는 식으로 대꾸했다.

"너, 예전에 아빠가 술 진탕 먹고 들어왔을 때 기억나지?"

또 무슨 얘기를 하려고. 아빠가 술 진탕 먹고 들어온 날이 어디 한두 번인가?

"그 있잖아. 텔레비전 날아간 날."

아하, 그날. 당연히 기억한다. 이천 원 사건과 엘리베이터 사건보다 훨씬 더 오래전 일이다.

내가 막 초등학교에 들어갔을 때다. 나는 그때 모든 것이 다 낯설었다. 한국말도 낯설었고 한국 아이들도 낯설었다. 눈앞에 버티고 있는 일숙 씨도 말도 못하게 낯설었고 내가 좋아하던 아빠도 낯설었다.

당시 아빠의 갈등은 최고조를 쳤던 거 같다. 엄마와 헤어지기는 했지만 아빠도 눈앞에 벌어진 모든 상황이 낯설었던 거다. 아빠는 그야말로 술에 취해 인사불성이 되어 들어오는 날이 많았다. 대부분 그리고 집에 오면 아빠는 씻지도 않고 그대로 뻗어 잠을 자곤 했는데 그날은 달랐다.

집으로 들어온 아빠는 한 시간 정도 자고 일어나 소리를 지르며 닥치는 대로 물건을 집어 던졌다. 휴지통이 날아가고 의자가 날아갔다. 의자에 맞은 텔레비전은 박살이 났다. 물건이 부서지고 깨질수록 아빠 목소리는 커졌고 눈은 시뻘겋게 충혈되어 갔다. 급기야 아빠는 청소기를 거꾸로 들고 일숙 씨를 향해 돌진했다. 일숙 씨는 재빨리 몸을 돌려 청소기를 피했다.

"도망가자."

일숙 씨는 방구석에서 벌벌 떨고 있는 내 팔목을 잡고 집 밖으로 뛰어나갔다. 그때는 3층짜리 빌라에 살 때였는데 일숙 씨는 나를 데리고 빌라 옥상으로 도망쳤다. 둘 다 맨발이었다. 일숙 씨와 나는 밤이슬을 맞으며 벌벌 떨었는데 나중에 일숙 씨는 자신의 티셔츠 하나를 벗어 내 어깨에 걸쳐 주었다. 워낙 얇은 거라 보온에는 그다지 도움이 되지 않았지만. 그날을 생각하면 아직도 밤이슬이 촉촉이 내려앉던 발등이 시리다.

"그런 급박한 상황에서도 나는 너를 데리고 도망쳤어. 그게 무슨 뜻이겠니?"

일숙 씨 얼굴이 한순간 심각해졌다.

"그게 무슨 뜻이겠느냐고?"

일숙 씨가 다시 물었다.

"무슨 뜻인데?"

그냥 바로 말을 하면 되는 거지 묻기는.

"너는 그렇게 머리가 안 돌아가니까 공부를 못하는 거야. 까져 갖고 교복이나 줄여 입을 줄 알았지."

성질 급한 일숙 씨는 내 대답을 기다리지 못하고 화를 냈다. 여기에서 공부 이야기가 왜 나오고 교복 이야기는 왜 나오는지 모르겠다.

"아빠도 성적 갖고 뭐라 하지 않아. 뭔데 상관이야?"

나는 쏘아붙였다.

"너는 지금 내가 심하다고 생각하니?"

당연하지. 할머니 말대로 사람 목숨이 왔다 갔다 하고 만에 하나 잘못될 수도 있는 마당에 얼굴 한번 볼 수도 있지 그걸 갖고 아픈 사람을 쥐 잡듯 몰아붙이는 거는 아니지.

"나는 너를 특별하게 생각해."

일숙 씨가 뜬금없는 소리를 했다.

"나는 네가 프랑스에서 처음 오던 날을 또렷하게 기억해. 그 기억은 늘 내 머릿속 한가운데를 차지하고 있어. 너는 고양이 인형을 품에 안고 겁먹은 눈으로 나를 바라봤었어. 나도 그때 너만큼 불안했어. 내가 고집을 피워 선택한 삶을 살게 되었지만 나는 어렸고 아무것도 할 줄 아는 것이 없었거든. 도망치고 싶었던 순간도 많았어. 하지만 나는 내가 선택한 불안이었고 각오하고 있었던 일이기도 했지. 하지만 너는 달랐잖아. 너는 너의 어떤 면도 스스로 선택하지 않았으니 그 두려움과 불안은 나보다 몇 배 더 컸을 거야."

평소에 일숙 씨답지 않게 왜 저런 말을 하는 걸까. 혹시 엄마 문제에 대해 사과를 받고 싶어서 그러는 걸까? 마음에 들지 않으면 방방 뛰고 제 성질 다 풀릴 때까지 악을 쓰면 되는 거지.

"나는 그때 다짐했어. 그냥 사소한 일도 너와 같이하자. 나는 너에게 엄청나게 잘해 주고 어려울 때마다 네 손을 잡아 주고 그렇게 할 자신은 없었거든. 그러기에는 내 성질도 못 돼먹었고."

갑자기 온몸이 오글거리는 소리를 하는 통에 나는 눈 둘 곳을 찾지 못했다. 나는 어서 이 자리, 일숙 씨에게서 벗어나고 싶었다.

"후흑흑."

갑자기 일숙 씨가 울음을 터뜨렸다. 일숙 씨는 응급실 뒷문 옆에 놓인 빈 침대 다리를 부여잡고 쪼그리고 앉았다. 나는 당황스러웠다. 지나가는 사람들이 힐끗거리고 바라봤다. 일숙 씨 혼자 울게 두고 가기에는 양심이 허락하지 않았다. 그렇다고 어깨를 두드리며 달랠 수도 없었다. 일숙 씨와 나는 애초에 그런 사이가 아니니까.

일숙 씨는 울음을 그치지 않았다. 간호사들이 눈총을 주었다. 서럽게 우는 사람 옆에 그저 서 있기도 민망해서 나는 일숙 씨 옆에 쪼그리고 앉았다.

"나도 어떤 때는 짜증 나고 억울해."

일숙 씨가 코를 훌쩍거리며 말했다. 억울하기는 무슨, 일숙 씨 때문에 짜증 나고 억울한 사람들은 따로 있는데.

일숙 씨가 울음소리를 높였다. 간호사들에게 뭔가를 지시하고 있던 의사가 이쪽을 힐끔 바라봤다.

"알았어, 울지 마."

나는 일숙 씨 옆구리를 푹 찔렀다.

"알기는 뭘 알아?"

일숙 씨는 고개를 숙인 채 따지고 들었다. 눈물과 콧물이 바닥에 질질 흘렀다.

"짜증 나는 거 안다고. 그러니까 제발 그만 울어."

"너 쪽팔리니까 그러는 거지?"

그래 엄청 쪽팔린다.

"너는 나쁜 년이야."

일숙 씨는 대뜸 나를 나쁜 년으로 몰아세웠다.

"나는 그래도 너랑 하나하나 쌓은 추억들이 재미났던 때도 많다. 민지 엄마에게 머리털을 다 뽑혔을 때도 나는 내가 무지하게 기특하고 뿌듯했거든. 내가 너에게 해 줄 수 있는 게 있다는 것이."

일숙 씨는 코를 팽 풀었다. 뜻밖이었다. 나는 일숙 씨가 나를 잡을 때마다 그 사건을 들먹이는 거로 알고 있었다. 나에게 군말 못 하게 만들 때 말이다. 그런데 지금 일숙 씨 말은 그 사건을 일숙 씨가 재미난 추억으로 기억하고 있다는 거다.

"그리고 엘리베이터 사건 말이야. 나는 그때도 무척 뿌듯했어. 내 실수를 아무 말도 하지 않고 뒤집어써 주는 네가 있어서 든든하기도 했고."

전혀 생각하지 못했던 고백이었다.

"그런데 나 오늘 너한테 완전하게 배신당한 기분이야."

일숙 씨의 고백을 듣고 있는데 아랫배가 살살 아팠다. 살살 아프던 아랫배는 간격을 두고 거친 통증으로 바뀌었다.

"너 왜 인상은 박박 쓰고 난리야? 내 말이 듣기 싫어?"

일숙 씨가 고개를 반짝 들더니 눈물이 그렁거리는 눈으로 따졌다. 얼굴은 온통 눈물과 콧물로 뒤죽박죽 엉망진창이었다. 문득 일숙 씨가 불쌍하다는 생각이 들었다.

"그럼 이런 말을 듣기 좋겠어?"

나는 쏘아붙였다.

"더 울 거야? 나 화장실 갈 거야."

"화장실은 왜?"

"왜긴 왜야? 화장실에 공연히 가? 오줌 아니면 똥 누러 가는 거지. 똥 마렵고 배 아파."

나는 자리를 털고 일어났다.

"야, 안채민."

뒤돌아서는데 일숙 씨가 내 손목을 잡았다.

"왜 그래?"

나는 일숙 씨 손을 털어 냈다. 우리가 언제부터 사람들 많은 데서 손목을 잡고 그러는 사이라고.

"너 그거 하니? 그 기간이야?"

일숙 씨는 목소리를 낮췄다.

"그게 뭔데?"

"계집애야. 그거 하는 기간에 밝은색 바지를 입으면 어떻게 하니? 아휴, 엉덩이 벌게. 가만있어."

일숙 씨 말에 나는 놀라서 엉덩이 밑을 만졌다. 손끝이 축축했다.

"야, 이 남방으로 엉덩이부터 가려."

일숙 씨가 입고 있던 남방을 벗어 주었다.

"그리고 얼른 생리대부터 갈아."

생리대? 그럼 내가 지금 생리를 한다는 거야?

"나, 생리대 같은 거 없는데."

"칠칠맞지 못하기는."

일숙 씨는 눈을 하얗게 흘겼다.

"처음이란 말이야, 처음."

나는 뭐에 홀린 듯 중얼거렸다.

"처음이라고? 열여섯 살인데?"

일숙 씨가 고개를 갸웃거리며 무슨 생각을 잠깐 하는 것 같더니 웃음을 터뜨렸다.

"어머머, 어쩌면 나랑 똑같니? 나도 열여섯 살에 했거든. 내가 남자인지 여자인지 병원에 가서 검사를 해 봐야 하는 건가 한참 심각할 때 딱 터졌지. 중3 가을이었어. 기다려. 내가 해결해 줄게."

일숙 씨는 아빠가 있는 곳으로 갔다. 아, 다행이다. 일숙 씨가 생리대를 갖고 있구나. 일숙 씨를 기다리고 있는데 떨리기도 하고 얼굴이 화끈 달아오르기도 했다. 공연히 어깨가 우쭐 올라가기도 하고 웃음이 나오려고도 했다.

잠시 후 일숙 씨가 검은 비닐봉지를 들고 와 내밀었다. 비닐봉지 안을 들여다본 나는 소스라치게 놀랐다.

"이게 뭐야?"

"생리대와 똑같아. 크기만 다를 뿐이지."

하여간 발상하고는. 이걸 들고 올 생각을 어떻게 했을까?

"빨리 가서 해결하고 와."

일숙 씨는 복도를 향해 턱짓을 한 다음 아빠를 향해 걸어갔다. 일숙 씨 뒷모습을 바라보는데 늘 내 곁에서 현재진행형으로 나를 꽁꽁 붙잡고 있던 저주가 풀리는 듯 온몸이 따뜻해 왔다.

"그래도 이건 너무해. 내가 꿈꾸던 풍경은 아니라고."

첫 생리한 날, 나는 아빠의 기저귀를 찼다.

나는 그랬다. '머피의 법칙'의 주인공이 된 듯 모든 일들이 원하지 않는 방향으로 흘러갈 때, 나도 모르는 어떤 힘에 의해 지독한 저주에 걸렸고 어쩌면 앞으로 계속 이렇게 살아야 하는 거는 아닌지 생각했다. 그 생각의 절정은 열여섯 살 즈음이었다. 하나도 내 마음에 드는 게 없었다. 집, 학교, 친구, 심지어 남자친구까지. 그때 영어 선생님은 '너희들은 먼 훗날 열여섯 살을 그리워할 것이다'라고 말했다. 무슨 말씀을! 지독한 저주에 걸린 열여섯 따위 절대 그리워하지 않을 거라고 큰소리쳤다. 그런데 세월이 흘러 알게 되었다. 저주라 믿었던 그것은 긴 세월을 살아 내기 위한 근육을 만드는 아름다운 성장통이었다고. 나는 지금, 지독하게 아팠던 열여섯 살, 그 즈음이 그립다.

너의 이름

신지영

2009년 푸른문학상 '새로운 작가상', 2010년 푸른문학상 '새로운 평론가상', 2011년 창비 좋은 어린이책 기획부문 등을 수상했다. 그동안 동화집 『안믿음 쿠폰』, 『짜구 할매 손녀가 왔다』, 『퍼펙트 아이돌 클럽』, 동시집 『지구 영웅 페트병의 달인』, 청소년시집 『넌 아직 몰라도 돼』, 청소년 소설집 『프렌즈』, 어린이·청소년 지식교양책으로 『세계를 바꾸는 착한 음악 이야기』, 김대현과 함께 『너구리 판사 퐁퐁이』, 『통계란 무엇인가?』, 『법정에서 만난 역사』 등을 썼다. 시, 소설, 동화 등 다양한 장르의 글을 읽고 쓰면서 어린이와 청소년을 위한 '멀티 작가'가 되기 위해 노력하고 있다.

번쩍 눈을 떴다. 쥐라도 난 듯 팔다리가 저리고 이마가 식은땀으로 흠뻑 젖어 있다. 탁자로 기어가 컵에 담긴 물을 벌컥벌컥 마셨다. 항상 똑같다. 국경을 넘는 꿈을 꾸면 타는 듯한 갈증과 함께 팔다리가 저려 왔다. 벌써 3년도 지난 일인데 마치 한 시간 전처럼 생생했다. 친구네 가족이 중국으로 넘어간다고 했을 때 나도 데려가 달라고 울면서 매달렸던 건 결과적으로 잘한 일일까, 잘못한 일일까? 어차피 내 곁엔 아무도 없었다.

아침을 먹고 가게에 왔는데도 점심 손님이 닥칠 즈음엔 배가 고프기 시작했다. 얼른 점심시간이 끝나야 눈치껏 끼니를 챙겨 먹을 텐데 오늘따라 손님이 끊이질 않았다. 2시가 다 돼서야 남은 테이블의 손님이 일어섰다. 얼른 치우고 밥을 먹어야겠다는 생각만 머릿속에 가득이었다. 급한 마음에 테이블로 다가서다가 다른 곳을 보며 나오는 여자와 부딪히고 말았다. 쟁반이 키가 작은 여자의 턱을 살짝 치며 바닥으로 떨어졌다.

"아악 – 뭐야?"

여자는 기분 나쁜 듯 소리를 지르더니 턱을 문지르며 나를 째려보았다.

"죄송합니다, 손님. 정말 죄송합니다. 괜찮으세요?"

여자가 바닥에 떨어진 쟁반을 구둣발로 툭툭 밀면서 화를 냈다. 솔직히 부딪친 건 여자가 다른 곳을 보고 있었기 때문이었다. 나도 잘한 건 없지만 좀 억울하단 생각이 들었다. 하지만 꾹 참고 떨어진 쟁반을 주워 들었다.

"정말 죄송합니다. 앞으로는 절대 이런 일 없도록 하겠습니다."

"앞으로 같은 소리하네. 너 같으면 이런 데 두 번 오고 싶겠니? 잘못했으면 혀 깨물 뻔했잖아. 그런데 말투가 이상하네. 조선족이야?"

여자가 내 발음까지 시비를 걸면서 계속 성질을 부리자 카운터에 있던 사모님이 달려왔다.

"저희 종업원이 실수를 한 모양인데, 오늘 드신 건 저희가 서비스로 드릴 테니 화 푸시고 다음에 또 오세요."

여자는 그제야 찌그러진 인상을 펴더니 사모님에게 나를 가리키며 손가락질했다.

"요즘 젊고 예쁜 우리나라 애들도 얼마나 많은데…… 돈 몇 푼 아끼려고 이런 애 데려다 쓰지 말고, 좀 제대로 된 애들로 부려요."

사모님이 빨갛게 달아오른 얼굴로 간신히 웃어 보이며 대꾸했다.

"우리 진이도 일 잘해요."

"보고도 일 잘한다 소리가 나와요? 그리고 우리나라 애들도 일자리가 없어 반은 논다는데, 우리가 저런 애들까지 먹여 살려야겠어요?"

여자는 가게가 쩌렁쩌렁 울리게 짜증을 내더니 나가면서도 뒤를 힐끔거리며 말을 멈추지 않았다. 내가 할 수 있는 건 그저 고개를 숙이고 안 들리는 척하며 서 있는 거였다. 손님이 나가자 사모님이 주방을 향해 소리쳤다.

"여보 소금통 좀 가져와, 별꼴 다 본다, 내가."

소금을 들고 나가 문 앞에 한주먹 뿌리고 난 사모님이 나에게 다가왔다.

"신경 쓰지 마. 저런 거에 하나하나 상처받으면 여기서 못 견뎌."

"죄송해요. 저 때문에 가게까지 욕먹게 해서……."

욕을 너무 먹어서일까? 고픈 배가 더부룩해졌다. 밥 생각은 이미 없어졌다. 하지만 주방으로 가서 냉장고 구석에 숨어 있는 반찬까지 다 꺼냈다. 꾹꾹 눌러 담은 밥을 한 그릇 비우며 나에게 다짐했다.

'이런 일은 아무것도 아니야. 눈물도 아까워.'

언제나 느끼는 거지만 서울에서 만나는 사람들이 나를 대하는 마음은 두 가지뿐이다. 하나는 동정심, 나머지 하나는 경멸. 내가 어떤 성격인지, 어떤 걸 잘하는지, 어떤 생각을 하는지 아무도 궁금해하지 않는다. 그저 '탈북자'란 딱지만 붙어 있을 뿐이다. 많은 사람들이 처음에는 나를 조선족으로 오해한다. 어떨 땐 조선족으로 봐 주는 게 더 편하기도 하다. 서울 사람들에겐 조선족보다 탈북자가 더 불편한 존재 같으니까. 하지만 결국 개돼지에게 하듯 함부로 대해도 된다고 생각하는 건 비슷하다.

사람이 사람에게 얼마나 잔인할 수 있는지 친구네를 따라 강을 건너자마자 알았다. 내 아빠의 친구이기도 했던 친구네 아빠는 나만 빼고 자기 가족들은 한쪽에 세워 두었다. 그러고는 나를 데리고 탈북을 알선해 주었던 밀거래 업자에게 갔다. 나는 젖은 손을 붙잡힌 채 영문도 모르고 따라서 걸음을 옮겼다. 걸을 때마다 축축한 신발에서 시린 발이 철벅철벅 소리를 냈다. 밀거래 업자는 나를 아래위로 훑어보더니 못마땅한 듯 투덜거렸다.

"듣던 거하곤 틀리잖소. 이 간나 때문에 돈을 얼마를 깎아 줬는데."

"하여튼 나는 약속을 지켰으니 돈은 더 못 주오."

친구 아빠는 돈을 더 요구하는 업자에게 고개를 절레절레 흔들며 잠바 안주머니에서 비닐로 싼 지폐 뭉치를 꺼내 건넸다. 그때서야 친구 아빠가 별말 없이 나를 데리고 온 이유를 알 수 있었다. 밀거래 업자에게 나를 판 것이었다. 인신매매에 대한 얘기는 들었지만 내가 팔려 갈 줄은 꿈에도 생각 못 했다.

"너 하기에 달렸다. 이 아저씨 따라가서 시키는 대로만 하면 북에서처럼 굶지는 않을 기야."

저만치 먼 곳에서 친구가 나를 쳐다보고 있었다. 알고 있었니? 어두워서 친구가 어떤 얼굴을 하고 있는지 보이지 않았다. 나는 그 짧은 한순간 친구의 이름을 내 머릿속에서 지워 버렸다. 남자는 내 뒷덜미를 덥석 잡고는 차로 향했다. 나는 안 따라가려 발을 질질 끌었다. 남자는 흔한 일처럼 나를 쳐다보더니 있는 힘껏 내 뺨을 때렸다. 순간 눈에서 불이 번쩍했다.

"잘 들으라. 이제 너는 아무것도 아니야. 가축만도 못하다 이 말이다. 다시 북으로 끌려가면 바로 수용소행이야. 그러니 속 썩이지 말고 개처럼 굴라, 그러면 밥은 굶기지 않을 기야. 주인 말 잘 듣는 개만큼이라도 대접받고 싶으면 내 말 잘 새기라."

남자는 깊은 동굴 속처럼 어둡고 검은 눈을 부릅뜨고 사납고

고약한 목소리로 빠르게 말했다. 나는 아무 말도 못 하고 물이 뚝 뚝 떨어지는 옷을 입은 채로 차 뒤에 짐짝처럼 한나절을 실려 갔다. 다음날이 돼서야 도착한 곳은 어느 도시의 후미진 뒷골목, 허름한 여인숙이었다. 남자는 나를 차에서 내리게 하고는 집 앞으로 가 문을 두드렸다. 조금 있자 오십은 돼 보이는 아줌마가 나왔다.

"이번에 부탁한 애 데려왔소."

여자는 마치 물건을 확인하듯 여기저기 나를 뜯어보았다.

"너무 어리잖아요?"

"걱정 안 해도 될 기요. 이맘 때 애들이야 좀 먹이면 금방 살이 오르지 않소. 말은 알아듣게 해 놨으니 잘 길들여 보시오. 어딜 가서 이 가격에 이만한 애를 구하겠소."

남자가 주춤주춤하는 나를 대문 안으로 밀어 넣었다. 여자는 어쩔 수 없다는 듯이 주머니에서 돈을 꺼내 남자에게 건넸다. 남자는 누런 이를 드러내 웃으며 경쾌한 걸음으로 차로 돌아갔다.

"일단 그 지저분한 옷부터 갈아입어야겠다."

여자가 한심하게 나를 내려다보더니 여인숙 맨 안쪽 구석진 방으로 데려갔다. 방 안에는 이불과 조그만 서랍장 하나가 다였다.

"서랍 안에 옷 있으니까 아무거나 꺼내 입어."

여자는 내가 신을 벗고 안으로 들어가자 밖에서 자물쇠로 '철 컥' 문을 잠갔다. 한동안 멍하니 서 있던 나는 구석에 쭈그리고 앉았다. 아무도 없이 혼자 남게 되자 몸이 오들오들 떨리기 시작했다. 추워서 떨리는 건지 두려워서 떨리는 건지 잘 알 수 없었다. 한참을 그러다 도저히 안 되겠다 싶어 서랍을 열었다. 안에는 이전에 다른 사람이 입었던 것으로 보이는 옷들이 꽤 있었다. 이 옷들의 주인은 지금 어디에 있는 걸까? 순간 섬뜩한 생각이 들었다. 몸이 더 심하게 떨리기 시작했다. 나중에는 턱이 탁탁 부딪쳤다. 서랍 안에서 아무거나 닿는 대로 꺼내 들었다. 옷을 갈아입으려 일어서니 쇠창살이 쳐진 조그만 쪽창에서 아침 햇빛이 몸 위로 쏟아져 내렸다. 창살에 갈라진 줄무늬 볕이었지만 따뜻했다. 순간 눈물이 왈칵 쏟아져 나왔다.

가게에서의 일 때문일까? 잊고 싶은 지난 일까지 떠올랐다. 그 바람에 잠을 설쳐서 또 늦게 일어나고 말았다. 부리나케 추리닝으로 갈아입고 자전거를 끌고 신문 보급소로 향했다. 소장님은 벌써 나와서 신문에 전단지를 끼우고 있었다.

"왜 이렇게 늦었어."

째려보는 소장님의 눈을 피해 얼른 신문을 들어 내 자전거 뒤에 실었다.

"내가 진이 봐서 참는 줄 알아. 너 같은 앨 뭘 믿고 쓰겠어."

잔소리를 멈추지 않는 소장님께 꾸뻑 인사를 하고는 자전거에 올라타 페달을 밟았다. 새벽바람이 아리게 얼굴을 스쳐 갔다. 나를 이 보급소에 소개해 준 건 준식이 친구 진이다. 자신이 하던 걸 나에게 물려준 것이다. 처음에는 돈도 벌고 살도 빼라면서 진이가 준식이에게 권했던 거라고 한다. 하지만 금덩이라도 되는 양, 살을 아끼는 준식이가 그날로 나를 데려가 진이에게 소개시켜 줬다. 뭐 내 이름이 진이라서 운명을 느꼈다나 뭐라나. 만나기 전에 나에 대해 뭐라고 들었는지 진이는 무척 친절했다. 아직 어색한 말투도 모르는 척해 주었다. 그뿐 아니다. 처음 일주일은 일부러 나와서 같이 동네를 돌면서 일도 가르쳐 주었다. 덕분에 배달 일을 더 쉽게 익힐 수 있었다. 같이 다니는 내내 진이가 나를 불쌍하게 여겨서 잘해 주는 거라는 생각을 떨칠 수 없었다. 그건 그렇게 즐거운 일이 아니었다. 한참 신문을 돌리다 골목을 돌아서 나오는데 뒤에서 익숙한 목소리가 들렸다.

"박진이!"

돌아보니 진이였다.

"이 새벽에 웬일이야?"

"누나가 회사 야유회 간다고 새벽같이 나가서 나도 운동 삼아 동네 한 바퀴 돌려고 나왔지."

"할 일도 참 없다. 나 같음 한 시간이라도 더 자겠네."

진이는 내 말은 들은 척도 않고는 다가와 자전거 뒤에 실린 신문을 한 묶음 들었다.

"거참 참새처럼 쨋쨋거리긴, 요 앞에 세진 빌라는 내가 돌릴게, 너는 주공 아파트나 맡아."

그러고는 헤헤 웃더니 빌라 쪽으로 달려갔다.

"미안하게 왜 그래! 얼른 줘!"

내가 따라가며 소리치자 진이가 뒤돌아 소리쳤다.

"다 돌리면 우유나 큰 놈으로 하나 사 줘!"

벌써 저만큼 멀어진 진이의 뒷모습을 쳐다보다 어쩔 수 없이 남은 신문을 들고 빌라 옆의 주공 아파트로 달려갔다. 어쩌면 준식이의 말이 맞는지도 모르겠다. 진이를 만난 순간 조금 거창하지만 나도 운명 같은 걸 느꼈다. 어떻게 이름이 진이일까? 내 눈앞에서 하얀 이가 다 드러나게 웃는 이 남자아이도 어떻게 진이일 수 있을까? 마음속이 뻐근해지고 눈가가 뜨겁게 달아올랐다.

마른침을 삼키며 신문을 다 돌리고는 자전거로 돌아오니 진이는 벌써 와서 마저 있던 걸 다 가지고 사라진 뒤였다. 어쩔 수 없이 자전거 앞에 쪼그려 앉아 진이를 기다렸다. 조금 있자 헐레벌떡 숨을 몰아쉬며 진이가 달려왔다.

"오늘 배달 끝이다. 자, 우유 먹으러 가자."

"그래, 덕분에 일찍 끝냈으니 내가 큰맘 먹고 하나 쏜다."

우리는 기분 좋게 근처 편의점에 들어갔다. 진이가 큰 우유를 두 개 들고는 성큼성큼 먼저 계산대로 갔다. 나는 레몬 맛 사탕이 먹고 싶어서 그 앞에서 살까 말까 한참을 고민했다. 그런데 그사이 진이가 계산까지 해 버렸는지 나에게 다가와 우유를 건넸다.

"나더러 사라더니 왜 돈을 네가 내?"

"못생긴 것도 서러운데 남자한테 우유까지 사야 하면 더 서럽잖아."

진이가 우유를 따며 또 웃었다. 시원한 웃음이었다.

"그래, 못생긴 여자한테 못생겼다고 확인시켜 줘서 너무 고맙다. 내 이 원수는 꼭 갚으마."

참 신기한 일이었다. 원래 농담을 잘 못하는 편인데 이상하게 진이와 있으면 나도 곧잘 우스운 소리를 할 수 있었다. 아마도 항상 웃는 얼굴로 날 편안하게 해 주기 때문인 것 같기도 했다. 우리 둘은 입술 위에 하얀 우유 수염을 나란히 그리며 편의점을 나왔다. 진이는 내가 괜찮다는데도 한사코 집 앞까지 나를 바래다준다고 따라왔다.

"내가 그렇게 좋아? 그렇게 조금이라도 나랑 같이 있고 싶어?"

나는 진이를 보며 살짝 장난기 있게 얘기했다.

"내가 할 소릴 대신하면 어떡해. 그냥 네 눈빛만 봐도 나를 좋아하는 게 꽉꽉꽉 느껴지거든. 여자인 네가 부끄러울까 봐 내가 알아서 조금이라도 같이 있어 주는 거야."

진이는 그런 내 농담에 능청스럽게 대꾸했다.

"그래. 내가 졌다. 널 놀려 먹으려고 한 것부터가 나의 실수다."

진이가 귀엽다는 듯 내 머리를 잡고는 가볍게 흔들었다. 나는 그런 진이의 팔을 잡아서 무는 시늉을 했다. 혼자는 그렇게 지겨운 길인데, 둘이서는 짧고 즐겁고 유쾌했다. 눈 깜짝할 새에 금방 집 앞까지 다 왔다. 진이가 얼른 들어가라며 손짓을 했다. 나는 가볍게 손을 흔들고 문을 열고 들어갔다. 아침을 챙겨 먹고 다시 출근하는데 그 차갑던 아침 바람이 상쾌하게 느껴졌다. 진이 때문에 어제의 일들이 다 사그라지는 게 느껴졌다. 슬프고 불쾌했던 일들이 점점이 소멸되었다. 그러자 마음 한편에 숨어 있던 미안한 마음이 진이에게 들었다. 나 혼자만 이렇게 하루를 시작할 수 있어서, 희망을 그려 낼 수 있어서 비참했다. 배 속부터 뜨거운 눈물이 솟아올라 눈가에 번지며 흘러내렸다. 그래, 진이가 없었으면 지금의 나도 없었겠지. 이렇게 커다란 우유를 사 먹고 출근을 하는 나는 상상도 못 했겠지. 진이는 지금 무슨 생각을 하고 있을까?

여인숙 방에 갇혀서 며칠을 울기만 했다. 나중에는 지쳐서 울음소리도 나오지 않고 마른 소리만 목에서 그르렁거렸다. 주인 여자는 아침, 저녁으로 플라스틱 그릇에 간신히 허기만 면할 찬밥을 밀어 넣어 주고는 다시 문을 걸어 잠갔다. 지칠 대로 지치게 그냥 내버려 두는 것 같았다.

"하여간 운 좋은 줄 알아. 내가 팔이 아파서 너 때릴 힘도 없다. 하긴 그것도 얼마 안 남았어. 우리 아저씨는 너 그렇게 우는 꼴 못 볼 거다. 이제 조금 있으면 청진에서 오는데 그때까지도 정신 못 차리고 그렇게 울고 있으면 두들겨 맞는 일밖에 안 남았어."

주인 여자가 그러거나 말거나 나는 마른 울음을 그르렁거렸다. 그러다가 너무 배가 고파 맨손으로 밥을 집어서 입에 넣었다. 그때 창밖에서 작게 속삭이는 소리가 들렸다.

"너 같은 간나는 첨 봤다."

고개를 드니 얼굴이 까맣고 머리를 빡빡 민 남자애가 방 안을 들여다보고 있었다.

"뭘 첨 봐?"

남자애의 눈빛은 마치 내가 신기한 동물이라도 되는 듯 호기심에 가득 차 있었다.

"보통 반나절쯤 울고 마는데 이건 뭐 며칠을 밤낮없이 우니 안 그렇게 생겼니? 너 땜에 여기 있는 여자들도 다 잠을 설쳤다."

"여자? 그럼 나 말고도 여기에 여자애들이 많다는 거야?"

나는 벌떡 일어서서 창틀에 매달려 물어보았다.

"너까지 합쳐 다섯이다. 근데 애들은 아니야. 네가 제일 어려."

"다 팔려 온 거야?"

남자애가 눈을 깜박거리더니 고개를 살짝 저었다.

"너처럼 모르고 팔려 온 애도 있고 제 발로 들어온 애도 있지."

남자애는 별일 아니라는 듯 시큰둥하게 얘기했다.

"자기 발로? 이런 곳에?"

나는 믿을 수가 없어 물었다.

"그럼 당장 갈 곳도 없고 굶어 죽게 생겼는데 가릴 일이 어딨어."

"아무리 그래도 나같이 팔려 온 사람들도 있는 곳이잖아."

남자애는 세상 물정 모른다는 것처럼 나를 보더니 혀를 찼다.

"그런데 여기서 뭐 해야 해?"

"몰라서 묻나?"

남자애가 설마 하는 얼굴로 나를 물끄러미 보았다. 물론 조금 짐작은 하고 있었다. 아무리 어리지만 대충 느낌만으로도 알 수 있었다. 하지만 막상 이렇게 듣고 보니 남자애의 말이 도끼처럼 끔찍하게 마음을 찍어 내렸다.

"넌 어떻게 그런 말을 아무렇지도 않게 해?"

나는 괜히 남자애가 미워져서 째려보았다.

"그럼 내가 뭐라고 하겠니. 어차피 얼마 안 있으면 바로 알게 될 텐데."

남자애는 조금 미안한지 눈을 내리깔았다.

"그래도 여기 있으면 공안한테 잡혀가지는 않는다. 밖에 돌아다니다 재수 없이 공안한테 잡히면 바로 북으로 가는 기야. 일할 때마다 내가 얼마나 간을 조리는지 넌 모를 기야."

제 딴에는 위로랍시고 하는 말 같았지만 하나도 힘은 나지 않았다. 오히려 화만 났다.

"넌 갇혀 있지는 않잖아."

나는 눈물을 훔치며 괜한 원망을 건넸다.

"시키는 대로 잘하면 얼마 안 가 열어 줄 기야."

남자애는 그렇게 말하더니 또 미안한 표정을 지었다. 그 아이도 나도 알고 있는 것이었다. 문을 열어 주는 게 어떤 의미인지를. 남자애는 말을 하다가 배가 고픈지 내 그릇에 남은 밥을 보고는 침을 꼴깍 삼켰다. 비쩍 마른 얼굴이 햇빛에 반사되어 더 퀭해 보였다. 나는 반쯤 남은 밥을 뭉쳐서 창틈으로 건네주었다. 남자애는 잠시 내 눈치를 보더니 손을 뻗어 밥덩이를 받고는 허겁지겁 입에 밀어 넣었다.

"그런데 넌 이름이 뭐네?"

게 눈 감추듯 밥을 먹은 남자애는 생각난 듯 나를 보더니 물었다.

"난 박미혜야. 넌 뭐야?"

"난 박철이."

남자애가 부끄러운 듯 머리를 긁적거렸다. 나는 그런 그 애에게 창틈으로 손을 내밀었다.

"앞으로 잘 지내자."

철이는 얼굴이 빨개져서 내가 내민 손끝만 간신히 잡고는 몇 번 흔들더니 뛰어갔다. 그날부터 철이는 틈만 나면 창문 곁에 와서 말 친구가 되어 주었다. 삐쩍 말라서 눈만 커다란 철이가 하는 일은 손님을 불러오는 것이었다. 제법 말주변도 좋고 일을 꽤 잘해 주인 여자가 신임하는 눈치였다. 철이를 만난 뒤부터는 더 눈물이 나지 않았다. 하지만 주인 여자는 여전히 문을 잠가 두었다. 아무래도 그 아저씨란 사람이 올 때까지는 계속 그럴 셈인 듯 했다. 얼마나 지났을까. 갇혀 있는 것도 꽤 익숙해지고 견딜 만 해질 때쯤이었다.

"미혜야, 미혜야."

구름이 달을 가린 깜깜한 밤이었다. 창가에서 철이가 날 불러 깨웠다.

"이 시간에 무슨 일이야?"

나는 눈을 비비며 일어나 철이에게 다가갔다.

"큰일이다. 너 아무래도 다른 곳으로 팔려 갈 것 같다."

"그게 무슨 소리야?"

나는 부스스한 머리를 뒤로 넘기며 창살에 바짝 붙어 물었다.

"아까 전화하는 것 들었는데, 낼모레 널 데리러 온다고 하더라."

철이는 나보다 더 놀랐는지 걱정스런 얼굴로 간신히 목소리를 누르며 말했다. 하지만 나에게는 여기나 다른 곳이나 같았다.

"그게 뭐 큰일이야. 어차피 팔려 다니는 건 똑같잖아."

나는 힘없이 고개를 떨궜다.

"아니야. 거기는 정말 위험한 곳이라고 했어. 나도 전에 있던 누나들한테 들은 건데 그쪽으로 팔려 가면 완전 인생 끝난 거랑 같다고 했단 말이야."

철이의 마른 낯빛이 달빛에 더 창백하게 보였다.

"그렇다고 내가 뭘 어떻게 해? 이렇게 갇혀서 아무것도 못 하는데."

단념한 듯 힘없이 속삭였다.

"정신 차려! 지금 그러고 있을 때가 아니야. 아저씨가 모레 온다는데 그전에 어떻게든 해야 해. 아저씨 오면 그때는 진짜로 아무것도 못 해."

철이가 철창을 붙잡고 다급한 듯 나를 타일렀다.

"내가 정신 차린다고 이 잠긴 문이 열리니? 여기서 나가야 도망이라도 가든지 말든지 하지."

나는 철이에게 답답해서 하소연했다. 그런 나를 보던 철이는 한참을 창문 앞을 서성거렸다. 나중에는 그것도 모자라 앉았다 일어났다를 수십 번 반복했다. 그러고는 결심한 듯 나를 쳐다보았다.

"도망가자. 그 수밖에 없어."

나는 놀라서 눈이 커다래졌다.

"어떻게?"

"아줌마가 여기서는 나를 제일 믿는다. 그러니 의심받지 않고 안채에도 들락거릴 수 있어. 내가 아줌마 잘 때 몰래 열쇠를 꺼내 올 기야."

나는 마른침을 삼키며 속삭였다.

"잡히면?"

이마에 땀방울이 송송 맺혀 걱정하는 나를 보더니 철이는 걱정 말라는 듯 웃어 보였다.

"잡히면 두들겨 맞기밖에 더 하겠니. 내일 새벽에 열쇠 가지고 올 테니 너는 준비하고 있으라. 너한테는 여기 있는 것보다는 도망가는 게 훨씬 나을 기야."

내가 할 수 있는 건 대답 대신 고개를 작게 끄덕이는 것뿐이었다. 철이가 걸리는 게 걱정되고 두렵기도 했지만 자유로워질 수 있다는 생각만으로도 행복해지는 것 같았다. 자려고 누웠는데 손에 자꾸 식은땀이 차고 잠이 오지 않았다. 뜬눈으로 밤을 새우고 날이 밝자 나는 서랍을 열어 입을 만한 옷을 따로 챙겨 놓았다. 긴 하루가 지나는 동안 별별 생각이 다 들었다. 나가서 어디로 갈지, 뭘 할지, 철이를 믿어도 될지 걱정이 됐지만 그래도 여기에 갇혀 있다 또 팔려 가는 것보다는 나을 것 같았다. 새벽이 되자 철이는 약속대로 열쇠를 훔쳐 내 방문을 열었다. 나는 소리가 나지 않게 맨발로 걸어 나갔다. 모두가 잠든 사이 우리는 살금살금 여인숙을 빠져나왔다. 그러고는 문밖에서 신발에 발을 구겨 넣고는 뒤도 돌아보지 않고 달리기 시작했다. 계속, 쉬지 않고, 조금이라도 더 여인숙에서 멀어지기 위해…… 달리는 동안 한순간도 철이는 내 손을 놓지 않았다. 다리에 감각이 무뎌지고 숨이 차서 헐떡거렸지만 철이의 손이 나를 놓지 않아서 견딜 수 있었다. 그렇게 새벽내내 달려 아침이 밝았을 때 우리가 도착한 곳은 기차역이었다. 철이는 처음부터 이곳으로 올 생각이었던 것 같았다. 철이는 안주머니 깊은 곳에서 미리 끊어 놓은 기차표를 꺼내 내 손에 쥐여 주었다. 그리고 우리는 드디어 기차에 올라탔다. 기차는 동북부로 가는 것이었다. 철이는 기차 안에서 나에게 차분하게 이야기했다.

"미혜야 내 말 잘 들어. 너는 아직 잘 모르겠지만 어차피 중국에서는 계속 도망만 다녀야 해. 여인숙 주인보다 더 무서운 게 공안들이거든. 전에도 말한 적 있지만 그 인간들한테 잡히면 우리는 다시 북으로 넘겨지게 된다."

철이의 커다란 눈이 나를 똑바로 바라보고 있었다.

"그럼 어떻게 해?"

그 아이의 흔들리지 않는 눈동자를 보며 나는 생각했다. 왜 나에게 이런 말을 할까? 철이는 잠시 침묵하더니 덜덜 떠는 내 손을 단호하게 꽉 잡았다.

"우리 남한으로 가자. 거기 가면 학교도 다닐 수 있고, 여기서처럼 도망 다니지 않아도 된다고 들었다."

남한? 생각도 해 본 적 없는 단어였다. 하긴 이제 막 여인숙에서 벗어난 내가 뭘 생각할 수 있었을까.

"그 먼 곳을 어떻게 가?"

나는 흔들리는 눈빛으로 철이를 보았다.

"갈 수 있어. 내가 다 먼저 알아봤다. 이 기차 타고 내려서 안내자를 만나서 산을 넘으면 캄보디아 국경이 나오거든. 거기만 넘으면 망명을 할 수가 있어."

"안내자?"

철이가 고개를 끄덕거렸다.

"역 앞에 있는 부동산을 찾아가면 거기서 소개해 준다더라. 내가 아까 주인 여자 금고도 다 털었다. 거기에 이때까지 몰래 모은 돈도 좀 있으니까 사정하면 어떻게든 될 기야."

"그런데 어떻게 그렇게 잘 알아?"

문득 궁금해져서 철이에게 물었다.

"너랑은 상관없이 벌써 몇 년 동안 남한으로 갈려고 준비하고 있었다. 그러니까 너 때문이라고 생각할 필요는 없어. 조금 일정이 앞당겨졌을 뿐이니까."

철이는 무뚝뚝하게 말했지만 그 말 안에 나에 대한 배려가 숨어 있다는 것이 설명하지 않아도 느껴졌다.

"고마워."

나는 앙상하고 뼈만 남은 철이의 손을 꼭 잡고 눈물을 뚝뚝 흘렸다. 이 아이를 만나지 못했다면 어떻게 되었을까? 생각만으로도 머리털이 바짝 서는 것 같았다. 철이는 아무 말 없이 그저 내 손을 힘주어 맞잡았다. 그렇게 가만히 손을 잡고 졸다가 몇 번 깬 후 우리는 기차에서 내렸다. 철이가 말한 부동산은 역 앞에서 조금 옆에 비껴 있었다. 작고 허름해서 눈에 잘 띄지도 않았다. 문을 열고 들어가자 조그만 책상에 젊은 남자가 앉아 있었다. 서른이 좀 넘어 보였다. 철이가 사정 이야기를 하자 남자는 우리를 번갈아 가며 훑어보더니 곧 흥정을 시작했다. 하지만 우리가 가진 돈은 남자가 말한 것의 반도 미치지 못했다.

"아저씨, 우리가 남한에 가면 꼭 이쪽으로 돈을 부칠 테니 좀 봐주세요."

가격을 깎아 보려고 한참을 매달리던 철이는 나중에는 남자에게 무릎을 꿇고 사정을 시작했다. 안 되겠다 싶어 나도 얼른 그 옆에 무릎을 꿇고 같이 빌기 시작했다.

"이런다고 될 문제가 아니다. 돈을 갖고 오든지 아니면 그만하

라. 여기서 모은 사람들은 반나절 지나면 출발하니까 그때까지 돈을 마련하든지 아니면 포기하라."

철이는 그런 남자의 바짓가랑이를 붙잡고 부탁했지만 남자는 귀찮다는 듯 뿌리치고는 가게 밖으로 사라져 버렸다. 나는 그런 철이를 보면서 무릎을 꿇은 채로 울먹거렸다. 돈이 한 사람 몫이니 철이가 나를 버려두고 갈 것 같았기 때문이었다. 철이가 가 버리면 나는 어떻게 해야 하나 눈앞이 깜깜했다.

철이는 울고 있는 나를 한참 쳐다보았다. 그러고는 쥐가 나서 잘 펴지지 않는 다리를 주무르고 일어나 나를 일으켜 세웠다. 나는 철이가 내민 손을 잡고 간신히 일어섰다. 쥐가 난 다리에서 전기가 통하듯 찌리릿거렸다. 부동산을 나간 철이는 잠시 서 있으라고 하더니 매점에서 빵을 몇 개 사 가방 안에 넣었다. 그러고는 역 주변에서 빈 플라스틱 병을 몇 개 주워 와 화장실에서 씻어 물을 담아 가지고 나왔다. 역시 철이는 자기 혼자서라도 갈 생각인 것 같았다. 팔다리가 움직일 때마다 계속 찌리릿거렸다. 철이가 가 버리면 나는 어떻게 해야 하나? 내 자신이 골목 구석에 쌓여 있는 쓰레기보다 못하게 느껴졌다. 그런데 이상한 일이었다. 철이는 가방을 열어 자기 옷 한 벌을 꺼내고는 거기에 내 옷을 받아서 넣었다. 그러고는 그 가방을 나에게 건넸다.

"네가 가라."

나는 코를 훌쩍이며 철이를 멍하니 보았다. 무슨 말을 하는지 이해가 잘 가지 않았다. 그런 나에게 철이가 차분히 설명을 해 주었다.

"아무리 생각해도 그 수밖에 없다. 나는 여기서 사는 법을 아니까 괜찮을 기야. 내가 중국에 온 게 여덟 살이야. 일 년인가 있다 엄마랑 헤어지고 그때부터 혼자 살았다. 그러니까 내 걱정은 안 해도 된다. 몇 년만 이 근처에서 고생하면 나도 남한으로 갈 수 있다. 남한에 가면 너부터 찾을 테니까 그때 가서 두 배로 갚으라."

그때 기분을 어떻게 표현해야 할까? 안도가 되면서도 미안하고, 슬프면서도 다행이라는 생각이 차가운 물처럼 온몸에 젖어 들었다.

"그러다 여인숙 아저씨한테 잡히면?"

나는 걱정스럽게 철이를 바라보았다.

"내가 여기 있을 거라고는 상상도 못 할 거다. 거기서 여기가 어딘데. 중국이 얼마나 넓은데 나를 어떻게 찾겠니."

철이는 걱정 말라는 듯 나에게 이야기했다.

"그래도 어떻게 나 혼자만 가?"

내가 눈물을 뚝뚝 흘리자 철이가 내 머리를 쓰다듬어 주었다.

"나는 여기서 살 수 있지만 너는 여기 있다가는 진짜 큰일 나. 여기가 어떤 곳인지 알아? 너 같은 건 한 달도 못 돼서 어딘가로 팔려 가든지 잡혀갈걸. 그만 울라. 그래 갖고 남한에서 나한테 갚을 돈이나 모을 수 있갔어?"

하지만 내가 할 수 있는 건 그저 미안해하는 것과 우는 게 고작이었다.

"자꾸 울면 이따가 산 넘어갈 때 힘들어서 안 돼. 그만 울어."

간신히 나를 달랜 철이는 부동산으로 나를 데려갔다. 그곳에서 안내원과 마저 흥정을 했다. 안내원은 돈이 좀 부족하다면서 투덜거렸지만 싫다고는 하지 않았다. 얘기를 하고 나오니 출발하기까지 시간이 꽤 남아 있었다. 기다리는 동안 나와 철이는 근처 공원 벤치에 앉았다. 한참을 지나가는 사람들을 쳐다보던 철이가 문득 입을 열었다.

"나 실은 철이 아니다."

"응? 그게 무슨 소리야?"

나는 뜬금없는 소리에 철이를 보았다. 철이는 조금 쑥스러운지 내 눈을 살짝 피했다.

"내 진짜 이름은 박진이야. 여자 이름 같지? 놀림당하는 게 싫어서 남한테는 철이라고 하고 다녔다. 엄마 배 속에 있을 때 내가 여자애인 줄 알고 아빠가 지어 줬다고 하더라. 그런데 태어나기 전에 아빠가 먼저 세상을 떠난 기야. 그래서 엄마는 아빠가 지어 준 이름이라도 나한테 주려고 그냥 진이라고 했다고 하더라."

철이는 담담하게 이야기하더니 마음에 안 든다는 듯 입술을 삐죽 내밀었다.

"그냥 진이라고 하는 게 더 좋을 뻔했다. 철이란 이름보단 훨씬 예뻐."

내 말에 철이는 금세 얼굴이 붉어졌다.

"예쁘니까 창피하지."

나는 괜히 웃음이 나왔다.

"그래도 예쁜걸."

"그렇게 예쁘면 너 갖든지."

철이가 나를 보며 선심 쓰듯 툭 던졌다.

"이렇게 하는 건 어때? 나 이제부터는 내 이름 대신 진이라는 이름을 쓸게. 성은 둘이 같으니까 나도 박진이가 되거든. 나중에 네가 한국 오면 박진이를 찾는 거야. 좋지? 네 이름이니까 잊어버릴 걱정도 없잖아?"

아무 대답도 없었지만 웃는 얼굴을 보니 철이도 싫지 않은 듯했다.

"그럼 나중에 남한 오면 꼭 박진이를 찾는 거다. 자, 약속."

철이도 내 손가락에 자기 손가락을 걸었다.

"이러니까 진짜 우리 꼭 가족 같다. 성도 같잖아."

"무슨 가족이 이름이 똑같네. 말도 안 된다."

철이는 웃으면서 고개를 저었지만 나에게는 진짜 그랬다. 엄마 아빠도 없는 나에게 철이는 하나밖에 없는 가족과도 같았다. 가족이 아니면 나에게 어떻게 이렇게 해 줄 수 있겠나 싶었다. 철이와 헤어지고 안내원을 따라 영하 10도가 넘는 산을 넘으며 생각했다. 나는 이제 박진이다, 진이가 남한으로 올 때까지 내가 이 이름을 지켜 낼 거다 생각하고 또 생각했다.

바람에 출렁이던 눈이 파도처럼 나에게 밀려와 뒤덮었다. 하루가 지나고 물도 다 떨어지자 목이 바싹바싹 타들어 갔다. 자작나무와 소나무가 울창한 숲을 지나 시냇물을 만날 때까지 목구멍이 말라붙어 말을 하기도 힘들었다. 하지만 국경을 넘을 때까지 그런 건 아무렇지도 않았다. 나를 대신해 중국에 남은 진이를 생각하면 다 견딜 만해졌다. 그게 내가 넘은 두 번째 국경이었다.

오랜만에 가게로 가는 내내 진이 생각을 했다. 볕이 따뜻하고 바람이 시원하니 더 그리웠다. 내가 진이를 만난 건 정말 운명이 맞다. 아니고서는 이렇게 그립지 않을 거다. 벌써 몇 년이나 흘렀지만 내 마음속엔 여전히, 그리고 당연히 진이뿐이다. 진이도 지금쯤은 많이 컸겠지. 살은 좀 찌웠을까? 얼마나 더 기다려야 다시 만날까? 다른 건 모른다. 하지만 내가 진이를 만나고 다시 박미혜가 되는 날까지 진이가 그리울 건 안다. 헤어지기 전에 진이에게 물었었다.

"나한테 왜 이렇게 잘해 줘?"

"좋으니까 잘해 주지. 밥 한 덩이에 반했거든."

그때 이야기는 안 했지만, 그래 나도 같다. 울다가 지쳐서 울음소리마저 목에서 잠겨 출렁거릴 때 그 작은 창문 틈으로 말을 건네준 순간부터 네가 좋았다.

글쓴이의 말

가끔 기적 같은 만남을 본다. 한 사람의 인생을 송두리째 바꾸는 그런 만남. 누구에게나 일생에 한 번쯤 그런 만남이 온다. 그런데 많은 사람들이 그 소중한 순간을 모르고 지나가는 것 같다. 만남은 우리에게 우연히 혹은 필연적으로 주어지지만 그 순간을 꼭 잡고 지켜 나가서 정말 가치 있는 것으로 만드는 것은 순전히 각자의 몫이다. 귀 쫑긋 세우고 눈 크게 뜨고 매 순간의 만남을 찬찬히 살펴볼 수 있는 사람이 되고 싶다.

그건
사랑이라고,
사랑

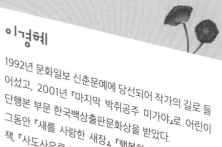

이경혜

1992년 문화일보 신춘문예에 당선되어 작가의 길로 들어섰고, 2001년 『마지막 박쥐공주 미가야』로 어린이단행본 부문 한국백상출판문화상을 받았다. 그동안 『새를 사랑한 새장』, 『행복한 학교』 등의 그림책, 『사도사우루스』, 『유명이와 무명이』 등의 동화책과 『어느 날 내가 죽었습니다』, 『그 녀석 덕분에』 등의 청소년소설을 썼다.

"이게 지금, 2만 6천 원이 아니고, 26만 원이란 말이니?"

하마터면 나는 엄마 입을 틀어막을 뻔했다. 옆에서 옷 정리를 하고 있는 알바생 언니가 그 말을 들었을까 봐 얼굴이 화끈거렸다. 2만 6천 원짜리 '캘빈 스미스' 청바지가 어디 있냐고! 전철역 지하상가에서 균일가 청바지나 사 입는 엄마 입에서나 나올 소리지. 정말 몰라도 너무 모르는 우리 엄마다. 그런데도 엄마는 비난에 가득 찬 눈빛으로 나를 바라본다. 나 역시 그런 엄마를 쏘아본다. 엄마는 가격표를 쥐었던 손을 놓더니 말없이 매장을 나가 버린다.

"엄마! 어딜 가?"

나는 알바생 언니의 눈초리를 뒤통수에 받으며 엄마를 쫓아 나간다. 이미 기분은 잡쳤다. 하지만 내가 저 청바지를 어떻게 찾아냈는데, 절대로 포기할 수는 없다.

뒷모습만으로도 화가 난 티가 철철 넘치는 엄마를 나는 달려 가 붙잡는다. 어쩔 수 없다, 내가 사랑하는 것을 얻기 위해서라면.

"엄마, 내 생일 선물이잖아? 내가 꼭 갖고 싶은 거, 사 준다며? 난 저 청바지가 미치도록 입고 싶단 말이야. 용돈도 안 쓰고 13만 원이나 모았어. 그냥 엄마가 좀 보태서 사 주면 안 돼?"

엄마는 멈춰 선 채 다시 좀 전의 그 눈빛으로 나를 보더니 말한다.

"난 못 해. 청바지 한 벌에 30만 원이라니 말이 되니? 엄마한테 그런 돈도 없지만 돈이 넘쳐 나도 나는 그 옷 못 사 준다."

"왜? 왜 못 사 주는데?"

내 목소리가 커진다.

"어떻게 30만 원짜리 청바지를 사? 난 못 한다고!"

엄마 목소리도 커진다. 지나가던 사람들이 우리를 힐끔거린다. 이제는 부끄러운 생각도 안 든다. 나는 따지고 든다.

"왜 마음대로 값을 올려? 뭐가 30만 원이야? 26만 3천 원이 거든. 엄만 숫자도 못 읽어? 그리고 누가 엄마더러 입으래? 내가 입을 거라고! 내가 얼마나 오랫동안 찾다 찾다 찾아낸 옷인데!"

"하여튼 난 못 해. 난 내 딸한테 26만 3천 원짜리 청바지를 사 줄 수 없다고!"

"왜? 왜? 내가 입고 싶다는데, 왜? 누가 딸한테 비싼 청바지 사췄다고 욕할까 봐 그래?"

그 말에 엄마는 입을 꾹 다물더니 홱 돌아서 앞으로 걸어간다. 나도 아차, 싶긴 했다. 좀 심한 말을 했다. 사과할 마음은 들지 않는다. 이젠 다 글렀다. 나는 엄마 뒤를 따라가지 않는다. 화가 나다 못해 슬프다. 엄마는 뒤 한번 돌아보지 않고 걸어간다. 내일모레가 내 생일인데, 오늘은 나의 '사파이어'를 내 품에 안고 갈 수 있을 거라고 가슴 두근거리며 기다렸는데……. 눈물이 펑펑 솟아난다. 나도 홱 돌아서서 걷는다. 엄마를 따라 집에 가고 싶은 생각은 추호도 없다.

정말 엄마가 밉다. 나는 어쩌다 저렇게 꽉 막힌 엄마를 엄마로 만난 걸까. 그래, 솔직히 말해 우리 엄마가 그렇게까지 '나쁜 엄마'는 아닐지 모른다. 다른 엄마들처럼 공부하라고 들들 볶지도 않고, 내 말에 귀를 기울여 주고, 나를 친구처럼 대하려고 노력하는 사람이니까. 훨씬 더 꽉 막힌 아빠와 싸워 가며 내 편을 들어주기도 하니까. 심지어 친구들은 우리 엄마를 이상적인 엄마라며 부러워하기까지 한다. 그럴 때마다 나는 흥, 하고 콧방귀를 뀐다. 공부하란 말만 입에 달고 사는 친구 엄마들이 나도 마음에 들진 않지만 어떤 면에서는 그 엄마들이 우리 엄마보다 트인 점도 있다. 물론 엄마야 자기를 절대로 그렇게 생각하지 않겠지. 말은 안 해도 엄마는 속으로 그 엄마들을 속물이라고 경멸할 게 분명하다. 자기만 교양 있고, 이해심 깊은 '좋은 엄마'라고 믿고 있겠지. 흥, 웃기고 있네.

내 소원은 내 맘에 꼭 드는 청바지 한 벌을 갖는 거다. 시시한 청바지 수백 벌이 아니라 내 몸에 딱 맞아 내 긴 다리를 강조하고, 늘씬한 핏(fit)을 자랑하는 단 한 벌의 청바지! 스타일리시하고, 섹시하고, 쿨한 청바지! 그것이 아무리 비쌀지라도.

그 소원을 위해 지난 몇 달 동안 나는 악착같이 용돈을 아껴 돈을 모았고, 주말이면 청바지 매장을 샅샅이 돌아다니면서 쉬지 않고 청바지를 입었다 벗었다 했다. 인터넷의 직구 사이트를 통해 외국 청바지도 이 잡듯이 뒤졌다. 그러다 찾아낸 청바지가 바로 저 청바지였다. 얼마나 기뻤는지 모른다. 소개팅이란 소개팅은 다 하다가 기어코 자기 마음에 드는 짝을 찾아낸 기분이 이런 걸까.

가격이 엄청나기는 했다. 26만 3천 원, 헉, 소리가 절로 나왔다. 그러나 나는 그 청바지를 포기할 수 없었다. 비싸다는 생각보다는 이 세상의 누군가가 그렇게 내 맘에 쏙 드는 옷을 만들어 주었다는 게 고맙기 짝이 없었다. 내 마음에 드는 청바지가 없다면 억만금이 있더라도 무슨 소용이냐 말이다.

하지만 현실은 현실이니 우리 집 사정을 고려하여 나는 어떻게 더 싼값에 살 수 없을지 온갖 사이트들을 뒤져 보며 궁리를 했다. 그런데 저 옷은 이미 판매가 종료된 제품이어서 할인되어 파는 물건은커녕 제값을 주고도 찾기가 힘들었다.

"어딜 가도 못 구해, 이 바지는, 사이즈도 학생 사이즈, 딱 하나 남았네."

매장 주인 말은 과장이 아니었다. 나는 그 청바지가 나를 기다려 준 것만 같아 더욱 마음이 설렜다. 그날, 나는 푸른빛의 그 청바지에게 '사파이어'라는 이름을 붙여 주었다. 애정하는 물건에 이름을 붙이는 건 나의 어릴 때부터의 습관이었다.

나의 사파이어와 처음 만났던 순간이 떠오른다. 몇 달이고 뒤지고 다녔던 청바지 매장들, 캘빈 스미스 매장만도 안 가 본 데가 없었다. 아무리 찾아도 내 맘에 쏙 드는 청바지는 없었다. 무언가 마음에 안 드는 구석이 하나씩은 있었다. 그러다 나의 사파이어가 눈에 띄었을 때, 나는 첫눈에, 이거다, 싶었다. 당장 옷을 들고 피팅룸으로 달려갔다. 가슴이 마구 방망이질 쳤다. 바지에 다리를 끼고, 지퍼를 올린 순간, 나는 꺄악, 환성이 터져 나오는 걸 참느라고 이를 악물었다. 그 옷은 나를 위해 만들어진 옷이었다. 내 몸에 착 달라붙던 그 느낌. 내 눈은 틀림없었다. 그 바지를 입자 내 몸은 모델처럼 달라져 보였고, 나는 내 자신이 업그레이드 된 것 같았다. 한 점의 틈도 없이 내 몸에 밀착되는 옷, 한 점의 틈도 없이 내 맘을 가득 채우는 옷.

사람들이 흔히 말하듯, 우리 엄마가 그렇게 믿듯, 브랜드 네임에 혹한 허영심 때문이 아니었다. 나는 그 옷의 가치를 알아보았고, 그 옷은 내 몸의 가치를 알아보았다. 우리는 서로를 알아보았고, 서로를 선택했다. 가격은 아무런 의미도 없는 숫자일 뿐이었다.

그러나 그 숫자의 돈을 지불할 힘이 내게는 없었다. 용돈에서 아끼고 아껴 몇 달 동안 13만 원을 만들어 놓은 게 고작이었다. 그 돈을 위해 나는 꼬르륵거리는 배를 붙든 채 떡볶이나 튀김을 외면했고, 졸린 눈을 비비며 일어나 버스도 안 타고 학교까지 걸어갔다. 괴롭지 않았다. 나의 사파이어가 내 품에 안길 수만 있다면 나는 무엇이든 견딜 수 있었다. 사랑의 감정과 하나도 다르지 않았다. 내 인생에서 사파이어가 사라진다면 나는 당장 바람 빠진 풍선이 될 게 분명했다.

내가 기다린 건 곧 다가올 생일이었다. 엄마는 생일 선물을 꼭 챙겨 주는 사람이었다. 내가 원하는 물건이라면 약간 과하다 싶어도 무리를 해서 사 줄 때가 많았다. 어떤 때는 '더 꽉 막힌' 아빠 몰래 사 줄 때도 있었다. 물론 엄마가 비싼 브랜드를 싫어한다는 건 잘 알고 있었다. 엄마는 그런 건 허영심이라며 질색을 했다. 그래도 생일 선물이니까, 그것도 거의 절반은 내가 모은 돈으로 사는 거니까, 내가 조르면 나머지 돈쯤은 못 이기는 척 내줄 줄 알았다. 그래서 나는 헬륨 풍선처럼 빵빵해진 심장으로 오늘 엄마를 그 청바지 매장으로 데려갔던 거다. 캘빈 스미스가 그렇게 비싼 매장인 줄도 모르고 잘도 따라 들어오던 엄마는 가격표를 보자마자 얼굴이 창백해졌다. 그때 모든 게 끝났다는 것을 알았어야 했다. '이게 지금, 2만 6천 원이 아니고, 26만 원이란 말이니?' 하는 무지의 목소리가 나를 찌르기 전에.

그 말은 바늘이었다. 한껏 부풀었던 내 심장의 풍선은 그 말의 바늘에 맥없이 터지고 말았다.

나는 혼자 거리를 방황했다. 친구라도 불러 하소연하고 싶었지만 이런 일을 이해해 줄 친구는 내 주변에 없었다. 내 친구들 중에 소위 금수저는 하나도 없었으니까. 내 친구들은 다들 그냥 그런 가정 형편이었다. 엄마들은 둘째치고 본인들 스스로 그런 비싼 청바지에 욕심을 내지 않았다. 가장 친한 친구인 정윤이조차 내가 사파이어를 피팅룸에서 입어 보고 기뻐 날뛰며 나왔을 때, 처음엔 '와, 진짜 옷이 날개다. 너, 정말 달라 보여!' 하고 외쳐 놓고는 가격표를 보더니 고개를 절레절레 내젓지 않았던가.

"옷이야 죽여주지만 솔직히 이 돈 주고 살 생각은 안 들지 않니? 이 돈이면 다른 옷 몇 벌을 살 텐데?"

정윤이의 말은 내 기쁨에 찬물을 끼얹었었다. 쓸쓸했다. 가장 친한 그 애마저 내 마음을 이해해 주지 못하니 누구에게 그것을 바란단 말이냐.

"야, 넌 그냥 괜찮은 남자 열 명을 사귀겠니? 진짜 좋아 죽겠는 남자 하날 사귀겠니?"

화가 나서 내뱉는 내 말에 정윤이는 킥킥거리며 말했다.

"나? 난 그냥 괜찮은 남자 열 명! 암만 좋은 놈이라도 한 명보다는 열 명이 낫지. 다다익선! 아, 물론 형편없는 놈이라면 하나도 싫지만."

나는 입을 다물고 말았다. 다른 건 몰라도 사파이어에 대한 나의 애정을 이해해 줄 친구는 없었다. 결국 나는 혼자 여기저기 거리를 싸돌아다녀야 했다. 마음으로는 한 번이라도 더 사파이어를 보러 가고 싶었지만 알바생 언니가 나를 알아볼 것만 같았다. 이래저래 잡친 기분은 회복되지 않았다.

번호키를 누르는 소리를 뻔히 들었을 텐데도 싱크대 앞에 서 있는 엄마는 돌아보지 않는다. 나 역시 들어왔다는 말도 안 하고 내 방문을 소리 내어 쾅 닫고 들어간다.

책상 위에 편지 봉투가 놓여 있다. 흥, 보나 마나 또 엄마가 편지를 썼겠지. 갑자기 화딱지가 난다. 저렇게 들어오는 딸 얼굴도

보지 않으면서 다정한 척 편지는 잘도 써. 엄마는 늘 그런다. 화가 나서 말을 하면 싸움이 되니까, 아니, 말로 하면 나를 이기기 힘드니까 저렇게 편지로 자기 생각을 우긴다. 편지라면 이제 나는 신물이 난다.

초등학교 2학년 때였다. 그때 내가 꽂힌 건 하얀색의 발목 부츠였다. 지금처럼 비싼 브랜드의 물건이 아니라 시장 신발 가게에 놓여 있던 저렴한 제품이었다. 나는 그 부츠를 본 순간 매혹되어 정신을 차릴 수가 없었다. 그 신을 신으면 내 하얀 겨울 코트가 얼마나 빛날지 눈에 선했다. 그때도 나는 그 신발에 '하양이'란 이름을 당장 붙여 주었다. 하얀 코트를 입고 내게 있던 검은 부츠, '까망이'를 신을 때면 마음이 언짢았다. 해서는 안 될 범죄를 저지르는 것처럼. 지금 생각해 보면 비닐과 다름없는 인조 가죽의 아동용 부츠였던 하양이는 진짜 가죽 부츠인 까망이에 비하면 껌값이었을 것이다. 문제는 까망이를 산 지 얼마 되지 않았다는 사실이었다. 겨울이 시작될 때 엄마가 사 주었던 까망이도 내가 고른 신발이긴 했다. 그러나 어쩌란 말이냐, 그때 그 가게에는 하양이가 없었던 것을.

내 마음을 사로잡는 신발을 나중에 발견했으니 그것은 내 잘못이 아니지 않나. 나는 엄마를 조르기 시작했다. 미칠 듯이 하양이를 사고 싶었으니까. 엄마는 내 요구를 단칼에 거절했다. 신발 산 지 얼마 됐다고 또 사냐고 했다. 그 말은 맞는 말이었지만 나는 하양이를 갖고 싶어 견딜 수가 없었다. 지금이라면 그런 말을 했겠지. 사람이 필요한 것만 사냐고, 마음을 온통 빼앗긴 물건이라면 어느 정도 무리를 해서라도 살 수 있는 게 아니냐고. 그때는 그런 논리를 댈 수 없었다. 그래서 나는 무조건 졸라 댔고, 그런 나를 엄마는 단호한 논리로 반박했다.

그러던 어느 날이었다. 엄마와 나는 모처럼 사이좋게 마루에 드러누워 쉬고 있었다. 음악도 흐르고 있었다. 엄마는 책을 읽고, 나는 종이 인형 옷을 그리며 놀고 있었다. 한마디로 분위기가 좋았다. 그러다 나는 나도 모르게 종이 인형에게 하얀 부츠를 그려 주게 되었다. 그러자 걷잡을 수 없이 눌러둔 욕망이 솟구쳤고, 나는 다시금 엄마를 졸라 대기 시작했다. 물론 엄마는 안 된다고 말했지만 나는 계속 졸라 댔고, 결국은 생떼를 쓰게 되었다. 분위기는 당장에 썰렁해졌다. 나도 엄마도 토라져서 말도 안 하고 서로 등을 돌렸다. 한참을 그렇게 서로 말도 없이 씩씩거리며 누워 있다가 엄마가 먼저 수첩에 무언가를 써서는 내 앞으로 밀었다.

- 민하야, 잘 생각해 봐. 신발 산 지 얼마 안 됐는데 또 비슷한 부츠를 산다는

건 낭비야. 사고 싶다고 세상 물건을 다 살 수 있는 건 아니잖니? 조금만 마음을 다스려 봐.

그 말에 나는 화가 더 났다. 그 말은 매우 다정한 말투였는데도 나는 화를 참을 수가 없었다. 나는 수첩에 답장을 썼다.

- 누가 세상 물건을 다 산댔어? 난 딱 그 부츠 하나만 사고 싶어. 다른 신발은 하나도 필요 없다고.

엄마도 답을 썼다.

- 이미 너한테는 부츠가 있잖아? 있는 걸 또 사는 건 사치야.

나도 지지 않았다

- 부츠는 있지만 그 부츠는 없잖아? 나는 나한테 없는 걸 사는 거야. 엄마는 그 게 다 똑같아? 나한테는 완전 달라. 엄마, 제발 사게 해 줘. 나는 정말 그 부 츠가 너무 갖고 싶어. 응? 엄마, 제발!

나의 애원에도 엄마는 넘어가지 않았다.

- 민하야, 어떻게 갖고 싶다고 다 갖니? 참는 마음도 길러야지. 네가 지금 그
  렇게, 그것만 악착같이 사려고 하는 거야말로 네가 그 부츠의 노예가 되어 있
  다는 증거야.

나는 화가 치밀어 올라 큰 글씨로 마구 갈겨썼다.

- 응. 나, 그 부츠의 노예 맞아. 그러니 제발 사 줘, 엄마. 제발, 제발.

엄마는 결국 벌떡 일어나더니 화장실로 들어가 버렸다. 내 앞
에서 화를 내는 걸 참기 위해 하는 엄마의 노력이었다. 혼자 남은
나는 펑펑 울었다. 하양이를 가질 수 없다는 슬픔에.
  결국 그 싸움에서 나는 졌다. 그 뒤로 엄마는 내가 부츠 얘기를
꺼내면 대꾸도 하지 않았다. 어린 나는 돈을 모을 길도 없었다. 그
해, 그 겨울, 나는 내내 슬펐다. 나는 내가 정말 하양이의 노예라고
생각했다. 사랑에 빠지면 연인의 노예가 된다고 하지 않나? 나는
하양이에게 반하고, 사랑에 빠졌지만 결국 사랑을 이룰 수 없었
다. 눈만 뜨면 생각나던 하양이, 그 겨울 내내 나는 하양이를 그
리워했고, 애꿎은 까망이를 미워했다. 네가 없었다면 하양이를 살
수 있었을 텐데, 까망이를 신을 때마다 나는 그렇게 중얼거렸다.
  어느 날 나는 정말로 까망이를 학교에서 잃어버렸다. 아무리 찾

아도 나오지 않았다. 어린 나는, 내가 그렇게 미워하니 까망이가 달아난 거라고 믿었다. 신발은 원래 걸어 다니는 데 쓰는 물건이니, 까망이가 또박또박 걸어서 혼자 먼 길을 떠나는 모습은 아주 자연스럽게 그려졌다. 그제야 나는 까망이에게 미안했다. 그러나 까망이에게 아무리 미안해도 하양이를 사랑하는 마음, 하양이를 갖지 못하고 만 절망감은 오래도록 사라지지 않았다.

나는 여자로 태어난 게 언제나 좋았다. 아무리 불편하고 억울한 게 많아도 남자보다 훨씬 다양한 옷을 입을 수 있다는 것만으로도 나는 여자인 게 좋았다. 어릴 때부터 나는 어떻게 옷을 입느냐에 따라 내 자신이 달라지는 재미에 흠뻑 빠졌다. 그러나 더 재미있는 건 다른 사람에게 옷을 입히는 일이었다.

어릴 때는 종이 인형 놀이에 빠져 지냈다. 파는 인형을 오려서 갖고 노는 걸로는 성이 차지 않아서 직접 그리기도 했다. 잡지에 나오는 연예인을 오려서 뒤에 종이를 한 겹 더 갖다 붙이면 훌륭한 인형이 되었다. 나는 그 인형들에게 수없이 많은 옷을 그리고, 오려서 입혀 주었다.

손을 좀 더 잘 놀리게 된 초등학교 고학년 때부터는 바비 인형을 가지고 놀았다. 헝겊 쪼가리나 입던 옷들을 가지고 옷을 만들어 주었다. 중학생이 되자 약속이라도 한 듯 친구들은 인형놀이를 그만두었지만 나는 여전히 내 바비 인형 코코를 버리지 않았다. 코코에게 옷을 만들어 입혀 주는 일은 나의 큰 기쁨이었다. 그동안 만들어 준 인형 옷만도 백 벌은 될 것이다. 내가 점찍은 사파이어의 기본 라인도 눈여겨보고 와서 코코에게 만들어 주었다. 코코란 이름도 유명한 디자이너인 코코 샤넬에서 따온 거였다.

내 꿈은 연예인의 의상 코디네이터가 되는 것이다. 연예인처럼 기본 체형이 되는 '살아 있는 인형'에게 내 마음대로 옷을 입혀 보고 싶다. 그러나 나는 이런 내 꿈을 말해 본 적이 없다. 엄마한테도 말하지 않았다. 어쩐지 말하면 꿈이 새어 나가 버릴까 봐서다. 엄마는 내가 만든 인형 옷을 보고 감탄하며, 우리 민하가 패션 디자이너가 되려나, 하고 말했다. 그러나 나는 옷을 새로 디자인하는 것보다는 세상의 수많은 옷들을 재료로 삼아 인간을, 그러니까 '살아 있는 인형'을 멋지게 꾸미는 일이 훨씬 흥미롭다. 그런 점에서는 내 자신도 인형이다. 나는 내 취향에 맞는 옷을 선택해 나를 표현하고 싶다. 이건 화가들이 좋은 물감을 찾거나 연주가들이 좋은 악기를 찾는 거랑 비슷하다. 아니, 그냥 사랑이다. 나는 어떤 옷과 어떤 신발과 어떤 가방과 사랑에 빠진다. 어떤 남자와 사랑에 빠지듯이. 사랑에 빠지면 나는 맹목적이 된다. 이 지점에서 엄마와 나는 늘 부딪힌다. 어릴 때의 그 하얀 부츠 사건 이

후로는 나도 여간해서는 엄마를 졸라 대지 않았다. 그 대신 엄마가 기회를 줄 때 최대한 신중하게 내 '애인'을 골랐다. 그러나 어쩔 수 없이 이런 경우가 생긴다. 딱 사랑이다. 사랑이 어떻게 그렇게 이성적으로만 가능하냐 말이다.

그럴 때 다른 엄마들은 보통, 돈 없어, 하고 말아 버리는데, 우리 엄마는 절대 그러지 않는다. 그 물건이 나에게 안 좋은 이유나, 그렇게 물건을 사서 나쁜 버릇이 생길 거라는 이유를 장황하게 편지로 쓴다. 얼핏 보면 그렇게 하는 엄마가 큰소리치며 욕하는 엄마보다 좋아 보이겠지만 난 이미 그런 스타일에 질릴 대로 질렸다. 차라리, 미쳤냐고 소리치며 안 된다고 하는 엄마들이 나는 심플해 보인다. 그럼 그냥 같이 소리 지르면서 싸우면 될 테니까. 저렇게 뭐든 편지를 써 대는 엄마랑 다투는 일은 퍽이나 피곤하다. 뻔하다. 오늘도 분명 그렇게 비싼 청바지를 사서는 안 되는 이유를 줄줄이 늘어놓았겠지. 사치, 허영, 내면의 아름다움이니 어쩌고저쩌고, 온갖 얘기가 적혀 있을 것이다. 쳐다보기도 싫다.

나는 침대에 몸을 던진다. 나의 소중한 사파이어가 눈앞에 어른거린다. 모자라는 돈을 채우려면 다시 몇 달을 기다려야 할까. 사파이어가 그 자리에서 기다려만 준다면 나도 얼마든지 그 시간쯤 버틸 수 있다. 그러나 사파이어는 딱 한 벌 남은 청바지다.

그사이에 누군가에게 팔려 사라져 버릴 게 분명하다. 누군가 사파이어를 입고 환호성을 지르며 돈을 지불하는 광경이 떠오른다. 쓰라리다. 너무나 간절히 사파이어를 갖고 싶다. 오늘 그럴 수 있으리라 기대했던 만큼 실망은 더욱 크다. 사파이어만 있다면 내 옷장에 있는 모든 옷들이 살아날 텐데. 아무리 싸구려 티셔츠라도 사파이어 위에 걸친다면 시크한 매력을 뿜낼 수 있을 텐데.

생각할수록 아깝고, 속상하고, 억울하다. 우리 집이 부자는 아니지만 그래도 엄마는 책이나 시디, 디브이디 같은 건 전집 세트라도 마다하지 않고 사 주지 않나. 작년 생일에는 비싼 블루투스 스피커도 사 주었다. 그러니까 엄마는 문화와 교양에 대한 물품이라면 조금도 아까워하지 않는 거다. 하긴 옷이나 가방, 신발도 내게 적당한(물론 엄마 생각에) 것이라면 선물로 사 주곤 했다. 이번에는 좀 달랐다. 청바지치고는 엄청 비싼 청바지라는 사실이 나도 걸리긴 했다. 그러나 목숨을 걸어서라도 사랑하는 연인을 차지하고 싶은 사람이라면 그렇게 할 수밖에 없지 않나? 나는 이를테면 그 청바지에게 반한 거고, 사랑에 빠진 건데!

사파이어가 비록 우리 집 형편에 터무니없이 비싼 옷일지라도 그거 한 벌만 사면 나는 10년 동안 청바지를 한 벌도 안 사도 된다. 그렇게 본다면 오히려 절약이 아니냔 말이다. 그러나 엄마는 이런 내 마음을 조금도 모른다. 이해하려고 하지도 않는다.

하긴 엄마가 어떻게 이해하겠나. 엄마는 늘 할인 매장이나 벼룩시장에서 옷을 산다. 안목이 아주 없지는 않기 때문에 그런 곳에서 크게 나쁘지 않은 옷을 싸게 사 입는다는 건 나도 인정한다. 그러나 그건 엄마의 스타일이다. 엄마의 스타일은 고정되어 있다. 늘 무난하고, 고상하고, 점잖고, 편안한, 눈에 띄지 않는 평범한 옷이 엄마의 주요 아이템이다. 엄마 친구들도 하나같이 그렇다. 다른 엄마들을 보면 백화점에서 어쩌다 좋은 옷을 한두 벌씩은 갖춰 입는다. 가방에는 돈을 더 많이 들여서 소위 명품이라는 가방을 무리해서 장만하기도 한다. 물론 그런 스타일도 내 마음에 드는 건 아니지만 최소한 옷의 가격이 어떤지는 아는 사람들이다. 그러나 우리 엄마는 늘 그렇게 저렴한 것들만 구입하니 도대체 웬만한 옷의 가격을 알지도 못한다. 그런 엄마니 '26만 3천 원'이 적힌 가격표를 보고 기절하지 않은 것만도 다행이다.

하지만 엄마도 자기가 좋아하는 책을 사는 데나 영화 구경 같은 데에는 별로 아끼지 않고 돈을 쓰지 않나? 책이나 영화에 돈 쓰는 게 옷이나 화장품에 돈 쓰는 거보다 고상하다고 생각하는 엄마의 마인드가 나는 정말 못마땅하다.

나는 엄마와 만화책 사는 문제로도 한번 부딪혔다. '스타일 만드는 여자'란 만화는 코디네이터가 주인공인 만화였다. 내가 말도 못하게 감동받은 만화여서 나는 20권의 시리즈를 다 소장하고 싶었다. 처음에 엄마는 내가 사겠다는 게 책이라니까 시리즈 전체를 사겠다는 데도 말리지 않았다. 그래 놓고는 그게 만화책인 줄 알자 급 당황해서는 내 마음을 바꾸게 하려고 애썼다. 물론 나는 지지 않았다. 엄마가 읽는 어떤 소설보다 그 만화가 못하지 않다는 내 믿음의 힘으로 엄마를 설득했다. 막상 그 만화책이 책상에 꽂히자 책을 좋아하는 엄마는 야금야금 그것을 꺼내 읽기 시작했고, 결국은 나보다 더 열성적인 중독자가 되었다. 그럴 때의 엄마는 귀여웠다. 나한테 고맙다고도 했다. 자기에게 새로운 세계를 알려 줬다고. 자기는 솔직히 만화는 무시해 왔다고.

그런저런 생각을 하다 보니 마음이 좀 풀리긴 한다. 사실 사파이어의 값이 비싸긴 비싸니까. 중학생이 입기에 고가인 것도 맞는 말이니까. 그러나 이런 생각은 엄마의 마음을 이해하는 차원에서만 해 보는 거다. 내게는 사파이어가 이 세상에 존재하고, 언젠가 내게로 와야 한다는 사실만이 중요하다.

나는 슬며시 책상 위에 있는 편지를 집어 든다.

민하야, 엄마는 오늘 너무 슬펐다. 놀라기도 했고,

너한테 화를 내고 마음이 정말 안 좋았지만 그래도 나는 내 자신을 설득할 수가 없었어. 엄마의 가치관으로는 그렇게 비싼 청바지를 사 주는 게 옳은 일이 아니거든. 너를 위해서라도.

그리고 그렇게 비싼 청바지를 사겠다고 우겨 대는 너를 보고 실망한 마음도 컸다. 내가 너를 잘못 가르쳤나, 그런 생각까지 들었지.

네가 옷에 대해 안목이 남다르고, 패션을 좋아한다는 것도 잘 알고 있지만 내 눈에는 다른 청바지들과 크게 다르지 않은 그 옷을 그렇게 비싼 값을 주고 사려고 하다니, 나는 아무래도 이해가 가지 않았다. 한창 멋을 부릴 때이고, 요즘 아이들은 브랜드에 민감하다니 그럴 수도 있겠다고 이해해 보려했지만 잘 되지 않았다. 아무래도 그건 허영인 것 같고, 그런 태도는 올바르지 않다는 게 엄마의 생각이야. 차라리 네가 절반 값의 바지를 두 벌 사겠다고 했으면 엄마는 무슨 수를 써서라도 사 줬을 텐데. 너의 생일 선물이니까.

어떻게 생각해도 30만 원, 아니 26만 3천 원짜리 청바지를 내 딸에게 사 준다는 건 내 자신에게 용납이 되지 않아. 너의 비난처럼 남이 욕할까 봐 그러는 게 아니라. (그 말도 사실 몹시 기분 나빴어. 네가 엄마를 고작 남의 눈치나 보는 사람으로 말하니까. 그거야 뭐, 네가 화가 나서 나오는 대로 내뱉은 말이겠지만.)

화가 몹시 나서 그렇게 확 와 버렸지만 돌아오면서는 사실 후회가 많이 되었어. 마음도 아팠고. 네가 얼마나 간절히 그것을 원하는지 알았으니까 더 그랬지. 그렇게 원하는 것을, 그것을 위해 그렇게 고생까지 한 걸 잘 알고 있었으니까. 무엇보다도 기쁘게 생일 선물 사러 나갔다가 이렇게 다 망쳐 버렸으니까. 그건 미안해. 엄마가 좀 더 차분하게 대할 수도 있었을 텐데.

민하야, 어쨌든 지금 우리는 전혀 다른 생각으로 소통이 잘 안 되니까 조금 시간을 둬 보자. 다행히 생일까지는 시간이 남아 있으니까.

그사이에 너도 정말 그 옷이 그만큼 필요한 건지 더 생각해 봐 주면 좋겠다. 엄마도 네 입장에서 생각을 해 보도록 할게.

그래서 생일날 다시 얘기해 보자. 그때까진 서로 말 안 하는 게 좋을 것 같아.

누군가의 생각이 이해가 되어 결정이 되면 주말에 그 청바지를 사거나 다른 생일 선물을 사러 가도록 하자. 오케이?

예상했던 그대로다. 사람 힘 빠지게 하는 엄마의 편지. 편지만 보면 엄청 다정하고, 이해심 깊은 엄마처럼 보이지 않나. 자기만 좋은 엄마고, 나만 나쁜 년 된다. 아니, 그런 걸 잘 알고 있는 나마저 편지를 읽는 동안은 마음이 누그러져서 엄마에 대한 화가 다 풀릴 뻔했다. 하지만 마음을 잘 가다듬자. 구구절절 좋은 말만 써 놓았지만, 자기만 옳다고 생각하고, 다른 사람의 마음을 이해할 생각이 별로 없다는 게 나는 보인다. 내 입장에서 생각해 보겠다고 써 놓았지만 엄마의 마음이 얼마나 단단한지 나는 잘 안다. 엄마는 자신의 생각이 옳다고 굳게 믿고 있다. 나를 위해 올바른 걸 가르쳐야겠다는 사명감도 굳건하다. 그러나 사람이 무언가를 좋아하는데 옳은 게 어디 있나? 엄마는 내가 허영심에 시

달리고 있다는 편견으로 나를 볼 뿐이다. 그것이 문제다. 내 사랑을, 내가 무언가에 꽂히는 것을 엄마는 이해하지 못한다. 그런 버릇은 나쁜 버릇이니 엄마로서 고쳐 줘야 한다는 과도한 책임감에만 빠져 있다.

답답하다. 나는 나다. 내가 애정하는 물건을 내가 살 자유도 없나? 뭐든지 엄마가 가르쳐야만 하나? 인생에 한 가지 길만 있고, 한 가지 정답만 있나? 열다섯이면, 옛날 같으면 시집도 갔다. 충분히 내 머리로, 내 심장으로 판단할 수 있는 나이다. 그 결정이 잘못된 거라면 또 어떤가? 그걸 내가 직접 겪고, 거기서 직접 배우면 안 되나? 어른들은 그렇게 옳은 것만 하면서 사나? 아, 답답해.

하도 답답한 마음에 인터넷에서 '엄마와의 싸움 명품'이란 검색어를 넣어 본다.

친구들이 다 브랜드 옷 입고 다니는데, 집안 형편이 안 되어 사 달랄 수도 없고, 그러다 못 참고 사 달랬더니 엄마는 안 된다고만 한다는 고민에, '명품을 밝히는 것은 마음의 빈 곳을 메꾸기 위해 그러는 것이니 내면을 채우라'는 등의 개소리만 잔뜩 댓글로 달려 있다.

나는 주변 친구들 아무도 비싼 브랜드 옷 입고 다니지 않는다. 내가 입고 다니면 알아주지도 않을뿐더러 가격을 알면 다들 미쳤다고 할 거다. 나는 오직 그 옷을 사랑하게 되어 원할 뿐이다.

이런 마음을 말할 곳이 아무 데도 없다니 화가 나고 갑갑하다.

눈앞에 사파이어가 어른거린다. 잘 빠진 라인, 세련된 물 빠짐, 내 엉덩이 라인을 쑥 올려 주게 가장 효과적인 위치에 달려 있는 뒤 포켓…… 나는 누운 채 공상에 빠진다. 어렸을 때 많이 하던 공상이다. 패턴은 정해져 있고, 내가 꽂힌 물건과 사례금만 바뀐다. 큭큭.

내가 길을 걸어가고 있다. 어떤 외국인이 길을 물어본다. 나는 친절하게 길을 안내해 준다. 그런데 알고 보니 그 사람이 엄청난 부자였다. 그 사람은 내 친절에 감동했다며 내게 백만 원을 준다. 나는 그 길로 캘빈 스미스 매장으로 달려가 나의 사랑하는 사파이어를 산다. 사는 김에 하얀 면 티도 하나 더 산다. 돈이 백만 원이나 있으니까. 킬킬.

그러나 이 정도 공상으로는 부족했다. 이제 나는 열 살짜리가 아니니까. 좀 더 실감 나는 공상이 필요하다. 나는 일어나 컴퓨터 앞으로 간다. 내 나이에 맞는 공상을 지어내 본다.

"뭐야? 이런 사람들을 데리고 어떻게 광고를 찍으란 말이야? 다들 보내 버려!"

캘빈 스미스의 광고를 만드는 K는 버럭 소리를 지르며 거리로 뛰쳐나갔다. 조감독이 데려온 여자들은 얼핏 보기엔 쭉쭉 잘 빠진 듯 보였지만 K가 찾고 있는 아우라를 지니고 있지 못했다. 그들은 하나같이 똑같아 보였다. 평범하지만 평범하지 않은 일반인, K가 찾고 있는 것은 바로 그런 소녀였다.

K는 거리를 지나는 수많은 여성들을 살펴보았다. 광고 제작 마감이 코앞인데, 찍을 모델이 없다니 초조해서 미칠 것만 같았다. 잘 빠진 연예인이나 모델은 수없이 많았지만 그런 광고는 흔해 빠졌다. 사람들은 직업적인 모델을 보면 자기와는 이질적인 먼 나라의 사람으로 여길 뿐이다.

그때였다. K의 눈에 한 소녀가 들어왔다. 바로 캘빈 스미스 매장 앞에서 넋을 잃고 마네킹이 입은 청바지를 바라보고 있는 한 소녀.

얼핏 그녀는 평범해 보였지만 K만은 그녀의 가치를 알아볼 수 있었다. K는 정신없이 달려가 그녀의 등을 쳤다.

"학생!"

그녀는, 캘빈 스미스의 청바지를 사고 싶어 돈을 모았으나, 어머니의 비협조로 그것을 사지 못해 절망에 빠져 있던 소녀, 바로 M이었다!

그로부터 이루어진 일은 그 이후 오랫동안 그 소녀가 다니는 학교의 전설이 되었다.

K는 그 소녀, M의 부모를 찾아갔다. 그 부모는 딸이 너무 일찍 얼굴이 알려지는 게 불안하다며 뒷모습만 찍을 것을 요구했다. K는 선선히 응했다. 청바지의 핵심은 뒤태였으니 굳이 얼굴까지 찍지는 않아도 되었다.

캘빈 스미스의 청바지를 입고 군중 속을 걸어가다 고개를 돌리는 순간 컷 되는 그 광고는 인기를 끌어서 즉시 매출이 20프로나 급증했다. 그러나 M은 부모의 반대로 더 이상 광고 모델로 활동하지는 않았다. 그것은 그녀도 원하는 일이었다. 광고 모델은 그녀의 꿈이 아니었다.

상당한 액수의 출연료와 캘빈 스미스 매장에서 매 시즌마다 나오는 청바지를 평생 마음대로 골라 가질 수 있는 특혜가 M에게 주어졌다. 그녀에게 그보다 더 환상적인 선물은 없었다. 그녀는 출연료의 반을 잘라 부모님께 드렸다. 엄마는 미안해서 차마 받을 수 없다며 사양했지만 아빠가 씽긋 웃으며 얼른 손을 내밀어 받았다. "고맙다, 우리 딸!"

M은 통쾌했다. 그 일이 계기가 되어 그녀는 의상 코디네이터가 되었다. 방송국 최연소 코디네이터였고, 특별한 배려로 방과 후에만 일해도 되었다. 학교는 졸업해야 했으니까. 그것은 그녀가 가장 하고 싶어 하던 일이었다. 텔레비전에서만 보던 멋진 연예인들에게 마음껏 옷을 입히는 놀이라니!

M의 인기는 치솟아 연예인들이 줄을 섰다. 친구들은 자신이 좋아하는 연예인의 사인을 받아 달라고 줄을 섰다. M은 연예인들에게 멋진 옷을 갈아입히며 신나게 일했다. 날마다 축제였다. 이 모든 일은 알고 보면 캘빈 스미스의 청바지로부터 시작된 셈이다. 그녀의 일화가 널리 퍼지면서 그녀가 그 청바지에 붙여 준 이름 '사파이어'도 함께 알려졌다. '사파이어'는 날개 돋힌 듯이 팔렸고, 그녀가 다니는 학교의 모든 학생들이 남녀 불문하고 그 청바지를 사 입었다. 선생님도 사 입고, 학부형들도 사 입고, 마침내 교장 선생님까지 사파이어를 입게 되자 사파이어는 그 학교의 교복으로 지정되었다.

"우하하하!"

써 놓은 걸 혼자 읽고 있자니 웃긴다. 조금은 속이 시원해졌지만 그렇다고 달라질 건 없다. 내 손에는 사파이어가 없으니까, 내가 사파이어를 입을 희망도 점점 사라지고 있으니까, 그것이 현실이니까. 나는 컴퓨터를 끈다.

생일날 아침이 되었다. 엄마는 미역국을 끓여 놓고 나를 깨운다. 나는 엄마랑 부딪히기 싫어서 더 자고 싶다며 일어나지 않는다. 학교에 늦지 않게만 일어난 나는 미역국은 쳐다보지도 않고 집을 나간다. 엄마 역시 아무런 말이 없다. 엄마의 마음이 변할 거라곤 기대하지 않았기에 서운할 것도 없다. 그냥 슬플 따름이다.

야자까지 하루 종일 괴로운 하루였다. 13만 3천 원을 무슨 수로 더 모은담, 한숨만 나온다. 매장 주인한테 지금 있는 돈을 주고 남은 돈을 모을 때까지 사파이어를 맡아 달라고 할까, 친구들에게 만 원씩 열세 명에게 빌릴까, 별별 생각을 다 해 본다. 모든 것이 실현 가능성이 거의 없다. 그냥 포기해야겠지, 생각을 하는데 가슴 한구석이 얼얼하게 아파 온다. 집에 가서 엄마 얼굴을 볼 자신도 없다. 엄마가 미우니까. 엄마를 보면 또 싸우게 될 것 같으니까.

그러나 막상 집에 돌아왔을 때 아무도 없는 것을 보자 나는 뒤통수를 맞은 것처럼 어이가 없었다. 오늘은 내 생일인데! 탁자 위에 또 그놈의 편지가 놓여 있다.

민하야, 미안해. 아는 사람 초상이 생겨서 엄마랑 아빠가 급히 나가게 됐구나. 정말 미안하다. 미역국 꼭 덥혀 먹어. 생일 선물은 방에 갖다 놓았으니 뜯어봐. 네 마음에 들 거라 믿어.

내 마음에 들 거라 믿는다고? 혹시나? 절대 그럴 리가 없을 거라고 생각하면서도 갑자기 가슴이 뛴다. 기대 반, 두려움 반의 마음으로 나는 내 방으로 달려간다.

불을 켠 순간, 나는 내 눈을 믿을 수가 없었다. 캘빈 스미스의 쇼핑백이 놓여 있다. 나는 눈물이 날 것만 같다. 아, 엄마, 우리 엄마. 엄마를 죽어라 욕한 게 미안했다.

쇼핑백 옆에는 생일 카드가 놓여 있다. 나는 쿵덕거리는 가슴을 진정시키기 위해, 기쁨의 순간을 조금 더 미루어 맛보기 위해 카드부터 펼친다.

민하야, 생일 축하해.

엄마 딸로 태어나 줘서 정말 고맙다.

지난번 일로 속이 많이 상했지? 엄마도 마음이 안 좋아서 정말 많은 고민을 했다. 그래서 어제 그 매장을 다시 찾아갔단다. 다시 한 번 그 청바지를 보고 마음을 결정하려고 말이야. 그런데 하늘이 우리를 도왔나 봐. 재고 정리 청바지 몇 벌을 80프로 세일로 파는데, 네가 골랐던 바지랑 거의 비슷한 게 있더라고. 얼마나 기뻤는지 몰라. 정말 비슷해. 그런데 값은 80프로가 싸! 그래서 당장 사 왔단다. 사이즈도 딱 네 사이즈고.

아침에 말하고 싶은 걸 참느라고 혼났지. 저녁에 깜짝 놀래키며 주려고 했는데 이렇게 나가야 하니 속상하네. 그래도 네가 기뻐할 걸 생각하니 즐겁기만 하다.

잘 어울릴 거야.

다시 한 번 생일 축하해, 우리 딸.

나는 얼른 쇼핑백을 엎어서 청바지를 꺼낸다. 불길했다.

그럼 그렇지.

그럴 줄 알았지만 온몸에서 힘이 싹 빠져나간다. 엄마 눈엔 이 청바지가 나의 사파이어와 비슷하게, 거의 같게 보였겠지. 주머니 디자인 비슷하고, 색깔 비슷하니까.

화가 치밀고, 슬퍼서 청바지를 벽에다 내던지고 싶지만 던질 기운조차 없다. 이건 마치 내가 사랑하는 사람 대신 그 사람의 형제나 얼굴 비슷한 친구를 데려온 거나 마찬가지다. 엄마가 그것을 알 리 없다. 엄마에겐 이 옷이 거의 똑같은 옷일 거다. 내가 기뻐할 거라 생각하고 신나게 돈을 치렀을 엄마를 생각하니 오히려 가엾은 생각이 들 지경이다.

엄마는 내가 사라지고 없으면 어디서 나 비슷하게 생긴, 사치 안 부리는 여자애 하나 데려와 대신 딸로 삼으면 되겠지. 그런데 미안하지만 나는 그게 안 되거든. 내가 그 청바지, 나의 사파이어에게 가졌던 마음은 허욕이 아니라고. 그건 다른 감정이야. 엄마가 알려는가 모르지만 그건 사랑이라고, 사랑.

가슴은 부글거리지만 나는 그 말을 뱉을 데가 없다. 엄마를 흉내 내서 편지 따위는 결코 쓰고 싶지 않다.

결국 엄마는 평생 내 마음을 알지 못할 거다. 얼른 어른이 되고 싶다. 어른이 되어 내 손으로 돈을 벌어 내가 좋아하는 물건

만을 내 마음대로 사며 살고 싶다. 다시금 어린 날, 하양이를 갖지 못했던 아픔이 되살아난다. 그리고 또박또박 걸어가 나를 떠나간 까망이도 떠오른다.

나는 엄마가 사다 준 캘빈 스미스 청바지를 그대로 쇼핑백에 도로 넣어 식탁 위에 갖다 놓는다. 정들기 전에. 잘못하면 또 까망이에게 가졌던 죄의식을 얘한테도 가지게 될지 모르니까.

잘 가라, 미안하지만 나는 사랑하는 애가 있단다. 네가 못나서가 아니야. 나는 이미 사랑에 빠졌으니까 다른 애는 눈에 들어오지 않지. 다른 사람에게 가서 사랑받고 잘 살기를.

내 방으로 다시 들어오니, 코코가 보인다. 청바지를 입고 있는 코코, 사파이어를 보고 와서 만들어 준 저 바지.

나는 코코를 집어 들고, 바지를 쓰다듬으며, 그 바지가 사파이어인 것처럼 작별 인사를 보낸다. 아무래도 너와는 헤어져야 할 모양이야. 나는 힘이 없구나. 너를 정말 사랑했는데. 잘 가라, 사파이어야.

차마 다른 사람에게 가서 사랑받고 잘 살라는 말까지는 해 줄 수 없다. 마음이 아프지만 이제는 눈물도 나오지 않는다. 차라리 펑펑 울면 시원할 텐데 그냥 가슴속 한 귀퉁이에 구멍이 난 듯 썰렁하기만 하다. 자란다는 건 이런 걸까. 슬프면 눈물 대신 가슴에 바람구멍이 나는 것?

청바지에도 다리가 달려 있으니, 사파이어가 슬며시 일어서서 혼자 멀리 멀리 걸어가는 모습이 보이는 것만 같다. 슬프고 슬픈 뒷모습이었다.

글쓴이의 말

이 글은 매우 편파적이에요. 오직 민하의 입장에서만 썼거든요. 민하 엄마의 입장에서 쓴다면 전혀 다른 글이 나왔겠지요. 나도 나이 많은 어른이지만 이 글에서 나는 민하였으니, 오직 민하의 마음밖에 알 수 없었어요. 그랬더니 참 슬프고 쓸쓸하네요. 아이들 키울 때 나야말로 민하 엄마 같은 사람이었는데…… 많이 늦었지만 내 딸들에게 미안한 마음을 전합니다.

써 놓고 보니 이 이야기는 사랑 이야기이기도 하네요. 겉으로는, 비싼 청바지를 둘러싼 갈등을 얘기하고 있지만요. 그렇게 읽어 주신다면 정말 기쁠 거예요.

또 다른,
어딘가

장미

2012년에 청소년소설 「열다섯, 비밀의 방」으로 '푸른문학상'을 받으며 등단했다. 그동안 청소년소설집 『맨해튼 바나나걸』을 출간했고 여러 작가들과 함께 청소년소설집 『열다섯, 비밀의 방』 『우리는 별일 없이 산다』 『여섯 개의 배낭』 등을 펴냈다. 앞으로도 청소년소설과 동화를 엉금엉금 써 나갈 생각이다.

1. 여기, 뜻밖의 사고

그건 그야말로 사고였다. 뜻밖에 일어난 안 좋은 일. 사고.

하교 시간, 언제나처럼 학교 앞 도로에 엄마들이 차를 대고 서 있었다. 아이가 교문을 빠져나오는 즉시 차에 태워 학원으로 가는 거다. 가는 길에 아이는 차 안에서 엄마가 준비해 온 간식을 먹는다. '정신 차리고 열심히 해서 기숙사가 있는 괜찮은 특목고에 가면 엄마 얼굴 자주 안 봐도 되니까 너도 좋고 나도 좋지 않냐'는 잔소리는 덤이다. '엄마 잔소리가 없다면 지옥에라도 가겠다'는 말대답을 하고 싶으나 바쁘게 쑤셔 넣은 간식 때문에 입이 막혀 눈만 부라리고 있다.

얼마 전부터 정태도 같은 상황에 놓였다. 정태네 부모님이 학교 앞에서 조그만 피자집을 하고 있기에 이 시간이면 한창 바쁜 때인데도 엄마는 열 일을 제치고 정태를 데리러 온다.

"주문이 제일 많은 이때에 내가 왜 가게도 냅 두고 달려왔겠니? 다 너 위해서 그런 거지, 엉?!"

엄마가 소리를 높이고 눈에 힘을 팍 주며 정태를 쏘아보면 우물우물 내려가고 있던 피자가 일시 정지하고 명치가 꽉 막히는 느낌이 들었다.

"일단 고등학교만 잘 가면 대학 가는 것도 수월해진다니까 중3 일 년 동안 한번 최선을 다해 보란 말이야. 알겠어?!"

그렇게 정태도 하교 후에 엄마 차를 타고 학원으로 가는 무리들 속에 끼게 되었다.

엄마가 관심을 기울여 주고 신경 써 주는 상황이 정태는 좀 낯설긴 했지만 싫지는 않았다. 학교 끝나고 운동장에서 축구하던 즐거움을 놓치게 되어 아쉽긴 했으나 "엄마가 차 대 놓고 기다리고 있어서. 아휴, 나도 미치겠다아" 하며 뛰어가는 자신이 신선했다. 특목고 같은 거 생각도 안 해 봤는데 뭔가 자신에게도 가능성 비슷한 게 생긴 것 같아 기분이 좋기도 했다.

하지만 그날은 분위기가 좋을 수가 없었다. 전날 저녁에 배달 알바가 사고를 낸 것이다. 자기 오토바이를 타고 가다 자기 실수로 미끄러져 혼자서만 다친 것이니 천만다행이랄 수도 있겠지만 어쨌든 가게 주인인 정태 부모님으로선 머리가 복잡한 상황이다.

"알바 형은 어떻게 됐어요?"

차에 올라타자마자 정태가 물었다.

"어떻게 되긴 어떻게 돼. 죽지 않은 게 다행이지. 오토바이 사고로 그만한 건 진짜 천운이라더라. 미친 자식. 오토바이 타면서 곡예하지 말라고 그렇게 말을 했는데."

"그 형네 부모님은 만나 봤어요?"

"엄마는 없고 아부지만 있는데, 아후, 아주 말이 안 통하는 사람이더라고. 경우도 없고 뻔뻔스러운 거 있지. 나보고 병원비 다 내고 무슨 보상금까지 달래. 지금 보상금을 받아야 될 사람은 우리 쪽이라고. 당장 어젯밤부터 오늘내일 어쩔 거야, 엉? 안 그래?"

발목까지 오는 짧은 양말에 삼선 슬리퍼를 신고 짤막한 트레이닝 바지 아래로 각질이 일어난 다리를 드러낸 채 오토바이를 타던 알바 형이 떠올라 정태는 차마 아무 대답도 하지 못했다. 어쩐지 정태가 엄마 탓을 하는 것 같아 엄마는 괜히 더 화가 났다. 룸미러를 향해 고개를 쳐들며 뒷자리의 정태를 노려보는 순간 정태가 소리쳤다.

"어엇. 민소!"

그랬다. 조수석 쪽에서 민소가 갑자기 튀어나와 정태네 낡은 아반떼의 오른쪽 백미러에 살짝 부딪히며 우뚝 멈춰 선 것이다.

엄마가 급하게 차를 세우고 얼른 조수석 차창을 내리더니 민소를 향해 소리쳤다.

"얘. 괜찮니?"

"어어, 네, 괜찮아요."

"그렇게 갑자기 나타나면 어떡하니?"

"죄송해요."

"아유, 깜짝 놀랐네. 조심하고 다녀."

"네에⋯⋯."

엄마는 다시 차창을 올리더니 야무진 표정으로 입을 다물고 차를 몰고 나갔다.

정태가 몸을 돌려 민소를 찾아보니 마침 정태네 뒤에 따라오고 있던 하얀 차가 민소네 차였는지 그 차에 타는 모습이 보였다.

'다행이다. 깜짝 놀랐겠네, 민소.'

정태는 엄마 몰래 휴— 숨을 내쉬었다.

2학년 때 정태와 같은 반이었던 민소는 요즘 여자애들 같지 않게 부드럽고 고운 아이였다. 정태는 사실 남몰래 민소를 좋아하고 있었지만 누구에게나 친절하고 무슨 일에든 잘 웃어 주는 민소에게 다가가는 게 왠지 어려웠다.

'민소가 나를 봤을 텐데 괜찮냐고 묻기라도 할걸 그랬지. 인상

만 구기고 앉아 있던 걸 서운해 하면 어쩌지? 내일 학교에서 보면 말 걸어 봐야겠다.'

정태는 혼잣속으로 생각했다.

하지만 그럴 수 없게 되었다.

빵빵. 빵빵. 뒤에서 민소네 차가 경적을 울리며 정태네 차를 쫓아왔다. 룸미러로 뒤를 흘깃 보던 정태 엄마가 보도 가까운 곳에 차를 세우자 민소 엄마도 그 뒤에 차를 세우고는 화가 난 듯 빠른 걸음으로 정태네 차를 향해서 왔다.

"이거 보세요."

민소 엄마가 손가락을 구부려 운전석 유리창에 대고 노크하듯 두드리자 정태 엄마가 어색하게 웃으며 창문을 내렸다.

"애가 차에 부딪혔는데 어른이 그렇게 가 버리면 어떡해요?"

"백미러에 살짝 부딪힌 건데……."

"그래도 그렇죠. 제가 마침 뒤에 있었으니 망정이지 안 그랬음 애가 놀라서 도로에서 허둥지둥하다가 더 위험해질 수도 있었다고요."

"빠르게 가고 있던 것도 아니고 학교 앞이라 살살 가고 있었는데 애가 갑자기 튀어나와서 그렇게 된 거예요."

"여긴 스쿨존이에요. 애들이 우선이라고요."

"그러니까요. 아우, 대단한 일도 아닌데 유별나게 그러시네."

"유별나요? 애가 차에 부딪혔는데 그게 별일이 아니에요?"

"아니, 누가 들으면 뭐 사고라도 난 줄 알겠네. 아무렇지도 않은 걸 다 확인했으니까 갔지……."

"제가 뒤에서 다 봤어요. 어머, 기가 막혀, 진짜. 큰일 낼 사람이네, 이 사람. 완전 경우 없고 어이없고……."

"경우가 없어? 어이가 없어? 아, 네, 그래서 뭘 어쩌면 좋을까나요? 참말로 죄송합니다. 됐습니까, 예?"

빵- 소리를 지르고서 정태 엄마는 창문을 올리고 출발해 버렸다.

"아니, 어제부터 진짜 무슨 마가 꼈나. 다친 것도 아니고, 지가 갑자기 뛰어나와서 살짝 부딪힌 걸 갖고 나보고 어쩌라고? 보상금이라도 달라고? 어휴, 정말."

안절부절못하던 정태가 뒤를 돌아보니 민소 엄마도 잽싸게 자기 차로 돌아가 달리기 시작하는데 어쩐지 정태네 차를 쫓아오는 것 같다.

'이거 지금, 민소 엄마와 우리 엄마가 도로 위의 추격전을 벌이는 건 아니겠지. 그런데 사거리에서 우회전하는 것까지 똑같다니…… 마침 가는 길이 비슷한 거겠지…….'

정태의 입술이 점점 메말라 갔다.

바로 그때. 정태네 차가 노란불의 끄트머리에서 우회전을 해 달려 나가고 이어서 빨간불이 들어왔는데 뒤따라오던 민소네 차도 우회전을 하는 순간 왼쪽에서 직진으로 달려 나온 택시가 민소네 차 운전석을 들이받았다. 뜻하지 않게 일어난 안 좋은 일, 사고.

앞부분이 조금 우그러진 택시에서 기사 아저씨가 목을 잡고 내리고, 민소와 민소네 엄마가 119 구급차에 실려 가는 모습을 전부 지켜보며 정태는 입만 벌리고 있었지만 정태 엄마는 땅바닥에 주저앉아 벌벌 떨면서 울었다. 그러다가 며칠 후 민소 엄마가 죽었다는 소식을 들었을 때 정태는 방문을 닫고 들어가 엉엉 울었지만 정태 엄마는 눈물 한 방울 흘리지 않았다.

다행히 민소는 많이 다치지 않아 엄마 장례식 이후 예전처럼 학교에 나오게 되었다. 하지만 예전의 밝고 상냥한 민소가 아니었다. 가까운 친구들과는 대충 예전하고 비슷하게 지내는 것 같았지만 정태에게만은 그렇지 않았다.

"전학 갈래요. 전학시켜 주세요."

정태가 떼도 부리고 애원도 했지만 정태 엄마의 대답은 한결같았다.

"졸업할 때까지 몇 달 남지도 않은 이때에 전학은 갈 수도 없고 갈 필요도 없어."

"민소가 학교에 온다구요."

"그래, 민소도 학교에 오는데 네가 못 갈 이유가 뭐가 있어? 당당하게 다녀."

"어떻게 당당하게 다녀요?"

"왜 당당하게 못 다녀? 민소가 너한테 뭐라고 해?"

"아니요. 아무 말도 안 하지만……."

"거봐. 민소도 너한테 뭐라고 얘기할 게 없는 거야. 솔직히 걔네 엄마 그렇게 된 게 우리 탓이야? 교통사고 때문에 죽은 것도 아니고, 원래 심장이 안 좋아서 그런 거라잖아. 우린 아무 상관없어!"

'하지만 민소는 그렇게 생각 안 한다고요.'

사고 이후 처음으로 민소와 마주친 날, 정태를 보는 민소의 눈빛이 어찌나 소름끼치게 번뜩였는지 정태는 그 자리에 우뚝 서서 움직일 수가 없었다. 그리고 그날 저녁, 민소가 보낸 '살인자!'라는 문자를 봤을 때 정태는 손이 부들부들 떨리고 심장이 쿵쿵 뛰어서 밤새 잠도 자지 못했다. 사실 민소도 엄마의 죽음이 무조건 정태와 정태 엄마 탓이라고만 생각하는 건 아니었다. 엄마 장례식이 끝난 후 아빠와 민소는 서로 상대방을 위해서 최대한 눈물을 참고 의연한 모습으로 지내려고 노력했다. 그러다 결국 민소가 꾹꾹 눌러 왔던 마음을 터뜨리며 엉엉 울어 버린 날이 있었다.

"다 나 때문에 그런 거야. 어떡해."

"무슨 소리야? 너 때문에 그런 거 아니야. 신호를 위반하면서 무리하게 차를 몰고 간 엄마 잘못도 있지만…… 어쨌든 그냥 사고였어.”

“옛날에, 처음에…… 나 때문에 쇼크 왔었으니까.”

“그게 왜 너 때문이야? 자식이 아파서 골수이식만 해 주면 된다는데 안 해 주는 부모가 어디 있어? 엄마 안 되면 아빠가 해 줬을 거야. 괜히 자책하지 마, 민소야. 이건 누구의 잘못도 아니야.”

이제는 아는 사람이 거의 없지만 민소는 어렸을 적에 백혈병을 앓았다. 다행히 엄마가 골수를 이식해 주고 모든 것이 잘 맞아떨어져 지금은 건강하고 평범한 아이가 됐지만 그 과정 중에 엄마에게 문제가 생겼다. 특정 약품에 알레르기가 있는 것을 몰랐던 엄마가 심장에 쇼크가 왔다. 위험한 시기도 있었지만 잘 견디어 약도 먹고 신경 쓰며 살고 있었는데 갑작스런 사고로 또 한 번 충격을 받게 되자 이겨 내지 못한 거다. 아빠 말처럼 엄마의 죽음은 딱히 누구의 잘못이라 할 수 없는, 너무도 안타깝지만 어쩔 수 없는 일이었다. 하지만 민소의 머릿속에 ‘나 때문이야’라는 생각이 불쑥 떠오르면 무거운 짐을 올려 둔 것처럼 마음이 짓눌렸고, 그러다가 정태 얼굴을 보고 나면 정태와 정태 엄마가 미치도록 원망스러웠다. 예전부터 민소에 대한 일이라면 악착같이 달려들던 엄마가 생각나고 욕을 하면서 차를 몰던 마지막 모습이 선하게 보이면 그저 눈물만 났다.

정태에게 ‘살인자’라는 문자를 보내고, 학교 복도에서 정태와 마주쳤을 때 죽일 듯이 노려보는 건 민소를 지탱해 주는 에너지가 되기도 했다. 하지만 반대로 정태는 민소 때문에, 민소의 문자 때문에 하루하루 시들어 가는 식물과도 같았다. 미안하다고 말하며 그 앞에서 울어 보고 싶기도 했고, 안 된 일이긴 하나 우리 잘못은 없지 않느냐고 화를 내며 큰소리치고 싶기도 했다. 그러나 결국 정태가 할 수 있는 건 아무 말도 하지 않고 아무 표정도 짓지 않고 민소를 외면하는 것뿐이었다.

그러다가 두 아이가 점심시간이 끝날 무렵에 학교 뒷마당의 창고에서 마주친 건 또 한 번의, 뜻밖에 일어난 안 좋은 일, 사고였다.

정태가 5교시 수업 준비물인 배드민턴 채를 찾고 있을 때 혼자 교정을 거닐던 민소는 창고 문이 열린 것을 보고 슬그머니 들어왔다. 정태가 있으리라고는 상상도 못 했고 다만 어딘가 어둡고 조용하고 혼자 있을 만한 곳을 찾아 들어온 것이다. 민소가 어둠에 미처 적응하지 못하고 눈을 껌뻑이고 있는 동안 정태는 먼저 민소를 알아봤다.

"어……."

이윽고 민소도 창고 안쪽 어두운 곳에 엉거주춤 서서 자신을 바라보는 정태를 알아봤고, 순간 당황하여 돌아서 나가려다가 갑자기 폭죽이 터지듯 전투력이 치솟아 주먹을 불끈 쥐고 그대로 서서 정태를 노려봤다.

"야!"

"어?"

"넌 사람이 어쩜 그렇게 뻔뻔하니?"

"……."

"너, 내가 보낸 문자 받았어?"

"……응, 받았어."

"그런데 무슨 말 한 마디 없이 그냥 씹으면 다야?"

"……내가 무슨 말을 해야 되는데?"

"뭐라구?"

"내가 무슨 말을 해야 되냐고."

"할 말이 없으시다?"

"네 엄마 돌아가셔서 안 됐다. 슬프다. 힘내라. 이런 말 하는 거, 너도 듣기 싫을 거 아냐?"

"너 지금, 우리 엄마가 누구 때문에 돌아가셨는데 그런 말을 해?"

"네 엄마가 나 때문에 돌아가셨냐? 우리 엄마 때문에 돌아가셨어? 그냥 사고였잖아."

"그날 너네 엄마랑 그런 일만 없었으면 사고는 안 났어."

"그래. 나도 괴로워. 하지만 그렇다고 나나 우리 엄마한테 책임이 있는 건 아니잖아!"

미안하다고, 잘못했다고, 어쩌면 좋으냐고, 통곡을 하며 무릎을 꿇어도 마음이 풀릴까 말까 할 텐데 오히려 얼굴이 시뻘게져서 큰소리를 치는 정태를 보자 민소는 눈앞이 제대로 보이지 않을 만큼 화가 났다. 어쩌면 좋을지 몰라 뭔가 던질 만한 것을 찾아 주위를 두리번거리던 민소는 정태가 들고 있는 배드민턴 채를 빼앗아 마구 휘두르며 소리를 지르다가 아무 데로나 던져 버렸다. 그 서슬에 선반에 쌓여 있던 먼지 덮인 상자들과 쓰고 남은 나무토막이나 낡은 의자, 뭔지 모를 자루들이 우르르 쏟아지며 순식간에 창고 안은 난장판이 되었다. 그리고 그중 무언가가 민소의 머리를 때려 하얀 먼지 가루가 비현실적으로 날리는 속에서 민소는 정신을 잃고 풀썩 쓰러지고 말았다.

2. 저기, 또 하나의 나

얼굴에 찬 기운이 느껴지며 차츰 의식이 돌아왔다. 눈을 떠 보니 어두컴컴한 실내가 서서히 눈에 들어오며 자신이 창고 바닥에 뺨을 대고 엎드려 있다는 게 느껴졌다. 몸을 일으켜 주위를 살펴보니 창고 안은 깔끔하게 정리되어 있었고 정태는 보이지 않았다.

'어질러진 것들만 챙겨 놓고 사람은 그냥 두고 가 버렸나. 나쁜 자식.'

교복 치마를 털며 밖으로 나와 보니 그사이 수업이 다 끝났는지 아이들이 가방을 메고 교문 밖으로 뛰어나가고 있었다. 두 시간씩이나 창고 바닥에 쓰러져 있었던 건가? 민소는 뭔가 어리둥절했다. 그러면서 교문 쪽을 보다가 밝은 표정으로 걸어가는 정태를 발견했다.

"야, 이정태."

고개를 돌려 민소를 본 정태는 깜짝 놀란 얼굴을 했다.

"어, 너 왜 여기 있어?"

"뭐?"

"임원 수련회 안 갔어?"

"무슨 소리야?"

"오늘 임원들 전부 수련회 갔잖아. 아까 너도 버스 타지 않았니?"

알 수 없는 말을 하는 정태의 표정이 너무도 태연해서인가, 몇 시간이나 쓰러져 있었던 후유증인가 민소는 머리가 조금 어질어질하면서 호흡까지 가빠져서 말을 하는 게 어려웠다. 그런 민소를 이상하다는 듯 잠시 바라보던 정태가 퍼뜩 정신을 차렸는지 급하게 말을 한다.

"나 빨리 가야 돼. 엄마가 기다려서. 주말 잘 보내."

그러더니 정태는 저쪽에 서 있는 차를 향해 뛰어간다.

정태의 뻔뻔스러움에 어이가 없기도 하고, 독한 감기약을 먹었을 때처럼 머릿속이 핑- 도는 것 같기도 하고, 여하튼 몸 상태가 아주 안 좋았다. 민소는 교실에 들르지도 않고 그냥 집으로 가기로 했다. 터벅터벅 걸어서 집으로 가는데 늘 다니던 길이 어딘가 낯설게 느껴지고, 모든 것들이 조금씩 미묘하게 달라 보였다.

간신히 집에 도착해 문을 열고 들어선 민소는 이번에야말로 기절할 듯 놀랐다. 웬 모르는 소녀가 주방 쪽에서 얼굴을 빠끔하게 내미는 거다.

"어, 언니. 왜 왔어?"

"으악, 누구세요?!"

"뭐야, 어떻게 된 거야? 수련회 안 갔어?"

"너, 누구야……?"

"아우, 뭐해? 장난쳐?"

처음 보는, 하지만 어쩐지 낯설지는 않은 소녀가 민소를 보며 낄낄 웃는데 휴대폰 울리는 소리가 났다. 주머니에서 휴대폰을 꺼내 본 소녀가 눈을 동그랗게 뜨고는 민소에게 말한다.

"엄만데?"

"뭐?"

"어떡해? 언니 집에 온 거 말해?"

"?"

"난 몰라. 그냥 말한다."

도대체 뭐가 뭔지, 지금 여기는 우리 집이 확실한데 이 아이는 누군지, 아까 정태도 그렇고 다들 자꾸만 물어보는 수련회 얘기는 뭔지, 어느 것 하나 파악이 되질 않아 어리둥절한 민소를 앞에 두고 소녀가 전화를 받았다.

"엄마. ……으응, 알았어, 지금 데워 먹으려고 하고 있어. 그런데 엄마, 언니 집에 왔다. ……몰라. 그냥 왔나 봐. ……잠깐만."

그러더니 전화를 민소에게 건네주었다.

"뭐야?"

"받아. 엄마가 바꾸래."

"……?"

전화를 건네받는 민소의 손이 이유 없이 덜덜 떨렸다.

"……여보세요?"

조심스레 입을 여는 민소와 달리 전화기 속에서 들리는 건 거침없고 딱 부러지는 엄마 목소리 바로 그것이다.

"민소야! 어떻게 된 거야? 임원 수련회 안 갔어?"

"……엄마?"

"무슨 일 있어? 어디가 안 좋아?"

"엄마……!"

엄마가 살아 있다. 엄마가 죽지 않고 살아 있다. 기쁘다거나 놀랍다거나 하는 식으로 간단히 정리할 수 없는 복잡한 감정이 가슴

속에서 휘몰아치는 가운데 저도 모르게 눈물이 줄줄 흘러내렸다.

"민소야. 엄마 답답하니까 빨리 말을 좀 해 봐. 수련회 짐 다 챙겨서 갔는데 왜 안 가고 온 거냐고! 어디가 아픈 거냐고!"

"아니야, 엄마. 그냥 왔어."

"너 울어? 무슨 일 있었어?"

"아니야. 엄마가 살아 있어서, 너무 다행이라서……."

"얘가 지금 무슨 소리를 하는 거야? 알았어, 엄마 빨리 집에 갈 테니까 은소랑 같이 카레 데워 먹고 있어. 가서 얘기하자. 엄마 빨리 갈게."

통화가 끝난 후에도 전화기를 손에 쥔 채 멍하니 서서 눈물을 흘리고 있는 민소를 향해 잘 모르는 소녀가 다가와 조심스레 말을 건넨다.

"언니, 왜 그래?"

"내가 네 언니야?"

"언니 진짜 어디 아퍼?"

은소라는 아이는 손을 뻗어 민소의 이마를 짚어 보더니 고개를 갸웃하며 말한다.

"열은 없는 거 같은데, 표정이나 말하는 거 보면 완전 중병인데?"

"네가 은소야?"

"헐."

은소는 눈알을 굴리더니 카레를 데우려는지 가스 불 앞으로 가 냄비를 들여다보는데 민소는 무얼 하면 좋을지 몰라 거실로 가서 어색하게 서 있었다. 그러다가 거실 벽에 붙은 가족사진을 보았는데, 오, 세상에!

민소가 중학교 입학하던 해에 찍은 가족사진이다. 원래 붙어 있었던 자리 그대로, 거실 한쪽 벽면 가운데 자리에, 똑같은 나무 액자에, 똑같은 옷을 입고 똑같은 표정을 한 가족사진이지만 한 가지 다른 점이 있다. 은소다. 가족사진에 은소가 있는 거다. 민소 옆에 나란히 앉아 웃고 있는 은소는 사진으로 보니 민소와 꽤 닮은 얼굴이었다.

사실 민소에게 동생이 아주 없다고 하기에도 애매한 구석이 있긴 하다. 민소가 두 돌 즈음 엄마가 임신을 했었는데 그때 민소가 막 백혈병 발병하던 때라 엄마가 정신없고 힘들던 중에 유산을 했다는 얘기를 들은 적 있다. 그런 일만 없었더라면 민소에겐 진작 이런 동생이 있었을지도 모르는 일이다. 하지만 그 모든 것은 단지 세상에서 제일 쓸데없는 일이라 여겼던 '만약에…… 그랬다면……' 하는 생각 속에서나 상상해 볼 만한 일이었다. 실제로 눈앞에 멀쩡히 서 있는 동생이라는 존재를 보니 민소는 할 말이 떠오르질 않았다.

"카레 먹을 거지?"

네 명이 찍은 가족사진 앞에서 못 박힌 듯 서 있는데 은소가 다가와 물었다.

"이거 언제 찍은 거야?"

"나 5학년 때 찍었을걸. 그때 나, 중학교 가기 전에 파마해 본다고 머리 저렇게 했잖아."

"그럼 넌 지금…… 중1이야?"

"언니 진짜 왜 그래? 무슨 일 있었어?"

"은소야. 네가 어떤 앤지 잘 모르겠지만 지금부터 내가 하는 말을 진지하게 들어 줬음 좋겠어."

그러고서 민소는 모든 것을 다 말했다. 앞뒤 순서가 좀 뒤죽박죽이기도 하고, 엄마가 돌아가신 사건을 말할 때는 숨이 막히고, 엄마가 살아 계신 얘기를 할 때에는 눈물이 나오기도 했지만, 어쨌든 모든 것을 다 말했다.

"그러니까 지금 언니는……."

잠시 망설이며 단어를 고르던 은소가 차분한 표정으로 말했다.

"다른 세계에 와 있다는 거네."

"다른 세계?"

"내가 에스에프 소설 좋아하는 건 알지? 아차, 나를 처음 봤다고 했지. 참나. 어쨌든, 전에 읽은 소설인데, 주인공이 폭우 속에서 차를 몰고 가다가 길을 잘못 들어서서 평행세계로 가게 된 거야.

그곳은 주인공이 원래 살던 세계와 거의 비슷하지만 결정적인 게 조금씩 달라. 원래 살던 세계가 마음에 들지 않았던 주인공은 이곳 새로운 세계에서 살려고 하지만 여기도 좋기만 한 건 아니지."

"뭔 얘기야? 그래서 주인공은 결국 어떻게 됐어?"

"원래 세계로 돌아갔던가? 죽었나? 마지막이 잘 기억이 안 나네."

"그러니까 나도 지금 평행세곈지 뭔지에 와 있다는 거야?"

"언니 말이 진짜라면, 그리고 언니가 꿈을 꾼 게 아니라면 그래야 말이 되는 거잖아."

"내 말은 진짜고, 난 꿈을 꾼 게 아니야. 어쩌면 지금 이 순간이 꿈인지도 모르지."

"그러면 좋겠지만 이건 꿈이 아니야. 난 빨리 밥 먹고 수학 학원 가야 돼. 으."

"그럼 난 이제 어떡해야 되지? 원래 세계로 가야 하나? 여기서 살아야 되나?"

"그건 나도 잘 모르겠네. 하지만 엄마한테는 이런 얘기 하지 않는 게 좋을 것 같아."

"왜?"

"엄마 심장 좀 안 좋잖아."

"이 세계에서도? 여기서도 나 때문인가?"

"그건 아니야. 이쪽 세계에서의 문제아는 언니가 아니라 접니다요."

장난스럽게 한쪽 눈썹을 올리는 은소의 얼굴을 보며 민소는 지금 은소의 심정이 어떤지, 농담처럼 말하고 있지만 그 속이 얼마나 쓰리고 불편한지 알 수 있었다.

그때 주머니에서 핸드폰이 울렸다. 유진이. 유진이는 친한 친구이고 학급 회장이다. 민소 어머니 장례식 때에도 유진이가 친구들 몇 명과 문상을 와 주었다.

"응. 유진아."

"야, 너 어디야?"

"나? 집인데?"

"집? 뭐야, 너. 계속 같이 있다가 갑자기 집이라니 이게 뭔 소리야?"

"으응?"

"2반 여자 부회장 어디 갔냐고 고민남이 난리야, 지금."

고민남은 학생 주임 고민수 선생님의 별명이다. 유진이도, 고민남도 그대로라니 조금쯤 안심이 되어 설핏 웃음이 났다. 그런데 내가 학급 부회장인가 보지? 한 표 차이로 떨어져서 아쉬웠었는데 그거 잘되었네. 그리고 보니, 이쪽 세계가 원래 세계보다 모든 게 더 마음에 든다. 좋다.

"집에 엄청 중요한 일이 생겨서 그냥 왔어."

"엄청 중요한 일? 그게 뭔데? 그리고 갑자기 혼자서 집에 어떻게 갔어?"

"나중에 다 말해 줄게. 고민남한테는 몸이 너무 아파서 갔다고 말해 줘."

"어우, 몰라. 으아, 고민남 온다. 끊어."

멍한 표정으로 전화기를 보고 있는데 은소가 물었다.

"저쪽 세계에서도 학급 부회장이었어?"

"아니."

"그래서 수련회에 안 갔구나. 그럼 거기선 지금 어디 있어?"

그러게. 지금 어디 있지? 창고에서 무언가에 머리를 세게 맞아 쓰러진 다음 일어나 보니 이쪽 세계로 이동해 있었다. 그러면 저쪽 세계에 사는 민소는 사라진 건가? 그렇다면 이쪽 세계에 원래 있던 민소, 오늘 아침에 버스를 타고 유진이와 같이 임원 수련회에 간 민소는 지금 어디에 있는 건가?

아무것도 모르겠지만, 그렇지만, 여기에는 엄마가 있다. 엄마도 살아 있고, 인상이나 말투나 모든 게 마음에 드는 은소라는 동생도 있다. 여기가 좋다. 여기에서 살고 싶다. 민소는 간절히 기도했다.

카레를 담은 파란색 커다란 그릇은 처음 보는 것이었지만 카레 맛을 보니 엄마 솜씨가 맞았다. 엄마는 카레에 감자보다 단호박을 넣곤 했다. 단호박을 넣어 한결 부드럽고 달큰한 엄마 카레를 동생과 마주 앉아 먹고 있으니 어지러웠던 민소의 머리가 서서히 편안한 상태로 돌아오고 있었다.

"그러면……."

은소가 민소를 바라보며 입을 떼다가 얼른 말을 잇지 못하고 가만히 바라보기만 한다. 상대의 눈을 깊숙이 바라보며 조곤조곤 말을 하는 태도 때문인가 동생이라는데도 오히려 언니 같은 기분이 드는, 나이보다 훨씬 성숙하게 느껴지는 아이라고 민소는 생각했다.

"정태 오빠한테는 이제 나쁜 감정 없는 거지?"

"정태?"

"응."

"너도 정태를 알아?"

가타부타 답이 없이 은소는 알쏭달쏭한 미소만 짓고 있는데 민소는 '정태'라는 이름을 듣는 순간 얼굴이 찌푸려진다.

"어찌됐든 간에 정태는 불편하고 싫어. 가까이 했다가는 또다시 무슨 안 좋은 일이 생길지 몰라."

"그게 무슨 소리야? 잘 모르나 본데 이쪽 세계에서 언니랑 정태 오빠는 썸 타는 사이라고. 알아?"

"썸 타는 사이? 정태랑 내가?"

"뭐, 정확히 얘기하자면 정태 오빠가 언니한테 고백한 적이 있고 언니도 속으로는 좋으면서 괜히 친한 친구로만 지내자느니 어쩌니 하면서 살짝 튕긴 사이랄까?"

"말도 안 돼."

"그 머리핀, 그것도 정태 오빠가 선물로 준 거잖아. 그런 스타일 싫어한다더니 열심히 꽂고 있네."

"머리핀?"

손으로 더듬어 보니 처음 보는 핀이 머리칼에 꽂혀 있었다. 반짝이는 유리알 같은 것이 꽃 모양으로 장식이 된 핀이었다. 민소는 정말 이런 스타일을 싫어했다. 차라리 심플한 까만 실핀을 꽂는 편이었다. 하지만 생각해 보니 저쪽 세계에서도 정태와 사이가 나쁜 건 아니었다. 오히려 보통 남자아이들보다 진지하고 자상한 편인 정태에게 호감을 갖고 있기도 했었다. 그날 그 사건 때문에 정태와 정태 엄마에게 원망하는 마음이 생겨서 그렇지, 그게 아니었다면 좋은 사이가 될 수도 있었을 거다.

"작년에 엄마 무슨 검사하느라 병원 입원했을 때, 피자를 큰 걸로 두 판이나 들고 우리 집에 와서는 언니랑 나 위로해 준 것도 정태 오빠였잖아. 아, 그 집 피자 먹고 싶다."

민소와 은소가 각기 다른 세계에 속한 각기 다른 피자를 떠올리며 입맛을 다시고 있는데 집전화가 요란하게 울린다.

"어, 아빠. ······뭐?! 엄마가? 괜찮은 거야? ······알았어. 다시 전화 주세요…….”

어두운 표정으로 전화를 끊는 은소를 보는데 민소는 뭔가 좋지 않은 예감이 떠오르며 무슨 일인지 묻는 게 두려워 은소의 입만 바라보고 있었다.

“엄마가 가벼운 접촉 사고가 났는데…… 워낙 몸 안 좋은 데도 있고 하니까 병원에 가 본다고…… 큰 사고는 아니래, 아빠가 지금 병원에 가니까…… 우린 그냥 집에 있으래…….”

아, 엄마가 또다시 잘못되는 건 아니겠지? 역시 내가 이곳에 온게 잘못일까? 어떤 세계로 가든지 나는 엄마를 힘들게 하는 운명인 건가? 내가 여기로 오지 않았다면 엄마랑 우리 가족은 행복하게 잘 살아가는 게 아닐까? 민소의 머릿속에 두서없는 생각들이 꼬리를 물며 머리가 뱅글뱅글 돌아가는데 갑자기 은소가 두 손으로 얼굴을 감싸며 울음 섞인 말을 내뱉는다.

“흑, 나 때문이야!”

“네가 왜?”

“나한테 이식해 주다가 처음 쇼크가 왔으니까. 엄마 심장 나빠진 건 다 나 때문이잖아.”

“너 때문 아니야. 자식이 아파서 골수이식만 해 주면 낫는다는데 안 해 줄 엄마가 어디 있겠어? 이건 누구의 잘못도 아니야. 괜한 생각 하지 마.”

은소를 위로하기 위해 한 말이 아니라 민소 생각에 진심으로 그리 여겨져서 한 말이었다. 그런데 말을 하고 나서 보니 이 말, 이 상황, 예전에도 똑같은 일이 한 번 있지 않았던가. 그러니까, 저쪽 세계에서 엄마가 돌아가셨을 때 자책하며 괴로워하는 민소에게 아빠가 해 줬던 말이었다. 그때 민소는 이 말을 듣고 마음이 어땠던가. 죄책감이 사라지고 홀가분해졌던가. 별로 그렇지는 않았던 것 같다. 하지만 지금 보니 이 말은 참으로 옳다. 만약 엄마가 돌아가신다 해도 그건 몸이 아파 고생하다 엄마의 사랑으로 낫게 된 은소 잘못이 아니다. 오히려…….

"문제가 있다면 나한테 있는 게 아닌가 싶다."

"그게 무슨 소리야?"

"생각해 봐. 저쪽 세계에서는 나 때문에, 물론 완전히 나한테 모든 잘못이 있는 건 아니지만 어쨌든 나 때문에 일이 꼬이다가 엄마가 돌아가셨다고. 어쩌다가 이 세계로 왔는데 여긴 엄마가 살아 계셔서 기뻤더니만 또다시 교통사고로 병원에 가셨다니. 게다가 나 때문에 급하게 집에 오다가 사고가 난 걸 테니, 이 정도면 나한테 문제가 있는 거 아니니?"

"그렇지 않을 거야. 별일 아니라고 아빠가 그랬어. 우리까지 병원에 달려갈 건 없다 그랬다고."

"그래. 아무 일 없을 거야. 하지만 내가 오지 않았다면 어땠을까, 그런 생각이 드네……."

"그런 생각 하지 마. 언니 말처럼 이건 누구의 잘못도 아니잖아."

마음이 조금 진정됐는지 눈물을 닦고 일어나 그릇이며 식탁을 정리하는 은소를 보며 민소는 말없이 거실로 나가 가족사진 앞에 섰다. 네 명이 찍은 가족사진. 하지만 원래 민소네 집에 있는 가족사진엔 아빠, 엄마, 민소, 셋이서 웃고 있었는데, 이젠 그중에서 엄마는 돌아가셨고 민소마저 이곳에 와 있으니 아빠 혼자 남은 건가.

누구의 잘못도 아닌데 모두가 괴롭고 슬퍼지는 일이 생긴다면 그건 어떻게 해야 할까. 은소가 읽었다는 에스에프 소설에서처럼 아무리 평행세계로 옮겨 다녀도 인생은 결국 힘든 것이라면, 그렇다면 우리가 할 수 있는 일이 뭐가 있을까.

띠링. 평소 설정해 둔 것과는 다른, 낯선 알림음이 울려 핸드폰을 꺼내 보니 문자가 와 있다. 그런데 보낸 사람이 '내 번호'다. 그러니까 '내'가 '나'에게 문자를 보낸 것이다.

- 이제 돌아갑니다.

암호와도 같은 짧은 문장을 한참 뚫어져라 보고 있던 민소는 크게 숨을 한번 내쉰 뒤 부엌으로 가 착하게도 혼자 설거지를 하고 있는 은소를 뒤에서 끌어안았다.

"으아, 뭐야, 갑자기?"

놀란 은소가 고개를 뒤로 돌리려고 애쓰며 묻는데 민소의 대답은 뜬금없기만 하다.

"네 잘못이 아니야."

"그래그래, 알았어."

"네가 있어서 다행이야."

"알았다고. 이거 봐, 오글거린다고."

킥킥대며 웃는 은소를 놓아주고 민소는 다시 거실로 나와 집 안을 한 번 둘러본 뒤 현관으로 가 신발을 신고는 살그머니 문을 열고 집을 나왔다. 확실한 건 아니지만 학교 창고로 다시 가 봐야 한다고, 거기에 어떤 실마리가, 또는 누군가가 있을지 모른다는 생각이 강한 바람처럼 몰아닥쳤다. 하지만 숨을 헐떡이며 달려온 그곳은 아까보다 한층 더 어둡고 조용하기만 했다. 자기와 똑같은 얼굴을 한, 그러나 모든 것을 알고 있는 '또 다른 민소'를 만나게 될지도 모른다는 생각을 했었는데, 아무도 없었다.

"저기요오, 아무도 없어요오?"

무얼 어쩌면 좋을지 몰라 막막한 마음에 민소는 괜히 소리를 질러 보았다. '이제 돌아갑니다'라는 문자는, 그러니까 이 세계에 사는 민소가 자기 집으로 돌아오겠다는 얘기가 아닐까 생각했다. 그러니 너도 원래 있던 자리로 돌아가라는 뜻이 아닐까 싶었다.

하지만 어떻게? 순간, 창고 안쪽 모서리 윗부분에서 뭔가 살짝 튀어나온 게 보이는 것 같았다. 뭐지? 사람 머리 같은데? 그런데 한 명이 아닌 것 같은데?

민소는 조심조심 걸어갔다. 모서리 끝에 이르러 숨을 한 번 내쉬고 갑자기 몸을 휙 꺾어 쳐다보니 그것은, 선반에 올라앉은 농구공들이었다.

"아⋯⋯."

잠시 긴장했던 것이 풀리고 조금쯤 어이가 없으면서 왠지 우습기도 해서 선반에 몸을 기대며 한숨을 쉬는데, 기우뚱, 창고가 흔들리며 선반이 떨리더니 공들이 우르르 떨어지고 그 기세에 낡은 지구본, 무언가를 담아 테이프로 단단히 여며 둔 상자, 테니스채 같은 것들도 와장창 쏟아진다. 그리고 그중 무언가 알 수 없는 어떤 것이 민소의 머리를 세게 때리고는 어딘가 다른 곳으로 날아갔다. 링, 링, 링, 울리는 소리를 내면서.

3. 다시 여기, 그러나 또 다른

얼굴에 찬 기운이 느껴지며 차츰 의식이 돌아왔다. 눈을 떠 보니 어두컴컴한 실내가 서서히 눈에 들어왔다. 창고 바닥에 뺨을 대고 엎드려 있던 민소는 몸을 일으키다가 머리맡에 앉아 자신을 바라보며 울상을 하고 있는 정태를 발견했다.

"괜찮아? 민소야, 괜찮아?"

"아, 돌아온 건가?"

"민소야, 정말 미안해. 정말 미안한데, 미안하다고 말하면 다 내 잘못이 되는 것 같아서, 그래서 미안하다고 말 못 했어. 정말 미안해."

교복 치마를 털며 일어서는 민소의 카디건 앞주머니에서 무언가 툭 떨어진다. 머리핀이다. 유리알 꽃 장식의 머리핀.

민소가 머리핀을 주워 아무 말 없이 그것을 바라보고 있으니 정태는 더욱 불안하고 어쩌면 좋을지 몰라 고개만 숙이고 있었다. 미안하다는 말을 하고 보니 차라리 마음은 후련한데 이제 민소가 사과를 받아 주지 않고 더 화를 내거나 책임지라고 하면 어떻게 하나 싶은 생각에 정태는 더욱 견디기 어려웠다. 하지만 민소의 생각이 온통 다른 세계로 가 있다는 것을 정태는 알지 못했다. 손에 쥔 머리핀을 보면서 민소는 오로지 또 다른 세계의 또 다른 민소에 대해서만 생각했다.

'나는 지금 여기에 있는데 또 하나의 나는 다른 곳에 있다. 그런데 그게 어디지? 지금쯤 그 아이는 집에 잘 돌아갔겠지? 엄마도 별일 없이 집에 가서, 아빠 엄마 은소 그리고 또 다른 민소는

행복하게 잘 살아가겠지. 그곳에 있는 민소는 이곳에 있는 민소를 생각할까.'

"나도 행복하게 살고 싶다……."

"응? 뭐라고? 뭐라고 했어, 민소야?"

정태는 얼른 고개를 들고 민소의 안색을 살폈다.

"너네 집 피자 맛있었는데……."

"으응?"

"너네 집 피자 먹고 싶다."

"정말?"

"응, 먹고 싶었어."

"같이 갈래? 내가 쏠게."

"좋아."

누구에게나 오늘은 하루뿐인 날이지만 어찌 보면 수많은 날들 중 하나일 뿐이고, 그런데 인간의 능력으로는 그 많은 날들을 다 헤아려 볼 수 없으니, 결국 우리는 지금 이 순간을 힘차게 살아갈 수밖에 없는데, 아아, 생각하면 할수록 모든 것이 그저 복잡하기만 할 때에는 일단 아무 생각 없이 맛있는 것을 먹어 주는 거다.

지금 정태와 민소는 피자 먹으러 간다.

글쓴이의 말

언제나, 어느 시대에나 소녀들이 있다. 예쁘고, 씩씩하고, 힘이 세고, 잘 웃고, 잘 먹고, 주변을 재미나게 만드는 소녀들이 있어서 세상이 썩어 없어지지 않고 무궁하게 이어져 나간다.

소녀들이 좌절하지 말고 굳세게 나아갔으면 좋겠다. 말도 안 되(는 것처럼 보이)는 꿈을 꾸고, 쓸모는 없지만 내게 소중하다면 온 마음을 쏟아 보고, 성적은 나쁘지만 가오를 잃지 말고, 밝게, 멋지게, 자신 있게. 소녀 만세!

이상한 나라의 앨리스들

ⓒ 김혜정 김혜진 박영란 박현숙 신지영 이경혜 장미, 2017

초판 1쇄 발행 2017년 2월 27일
초판 4쇄 발행 2019년 11월 27일
지은이 김혜정 김혜진 박영란 박현숙 신지영 이경혜 장미
펴낸이 김혜선 **펴낸곳** 서유재 **등록** 제2015-000217호
주소 (우)04034 서울 마포구 잔다리로7길 18(서교동 377-20) 501호
전화 070-5135-1866 **팩스** 0505-116-1866 **대표메일** outdoorlamp@hanmail.net
종이 엔페이퍼 **인쇄** 성광인쇄
ISBN 979-11-957648-5-3 43810